N&K

Flurin Spescha
Das Gewicht der Hügel
Roman

Buchheim, 27.6.88

Für Herrn Einseisen
und herzlichem Dank

Flurin Spescha

Nagel & Kimche

3. Auflage

© 1986 Verlag Nagel & Kimche AG, Zürich
Alle Rechte der Verbreitung, auch durch Film, Funk und
Fernsehen, fotomechanische Wiedergabe, Tonträger jeder Art und
auszugsweisen Nachdruck, sind vorbehalten
Umschlag von Heinz Unternährer
unter Verwendung eines Gemäldes von Alex Sadkowsky
Gesetzt in der Baskerville-Antiqua
Satzherstellung: Büchler + Co AG, Wabern
Druck und Bindung: Wiener Verlag, Himberg bei Wien
ISBN 3-312-00124-2

Für Hendri und Martina

Salep e la Furmicla

Salep e la furmicla
che levan maridar.

Hoissa hoissum
hoitirallarideridum.

Il bi salep quel scheva:
Jeu lessel maridar.

Lu la furmicla scheva:
Ti lessas forsa mei?

Il bi salep quel scheva:
Gie miu giavisch fuss quei.

Ei mavan si gl'altar,
per metter en gl'ani.

Salep fa in tgaubriechel,
ch'ei segl'or' il tschurvi.

L'ei ida vi sur mar,
per etsch da medegar.

L'ei ida suenter pastgas,
turnada da Nadal.

Cu ella ei turnada,
sch'er il salep satraus.

L'ei ida vi sur fossa,
bargend ch'ell'ha rut l'ossa.

Grille und Ameise

Grille und Ameise
wollten Hochzeit machen.

Die schöne Grille sagte:
Ich will heiraten.

Da fragte die Ameise:
Willst du etwa mich?

Die schöne Grille sagte:
Ja, das will ich.

Sie traten zum Altar
und tauschten den Ring.

Da schlug die Grille einen Purzelbaum
und brach sich das Genick.

Die Ameise reiste übers Meer
und suchte die Arznei.

Sie ging nach Ostern
und kehrte an Weihnachten zurück.

Da war die Grille
schon begraben.

Die Ameise stand am Grab und weinte,
bis sie zerbrach.

Am Grab

Mutter will sterben.

Ich bin da, nachdem sie am Telefon vom Garten gesprochen, und daß alles überwuchre und ungepflegt aussähe. Seit er nicht mehr da ist, sagt sie, und es sei jetzt doch an den Söhnen, mindestens alle paar Wochen oder einmal im Monat, und sei's bloß für eine Stunde oder zwei, vielleicht für einen Nachmittag, sofern das Wetter. Der Rasen gehe noch, auch das Blumengießen, aber die Beete und vor allem das Unkraut überall, wo man sich eben bücken muß. Ich spüre das Alter, sagt sie. Meist regnet es, wenn ich da bin, oder sie hat das Gröbste schon erledigt, wenn man einmal in Schwung kommt, sagt sie, aber grad der fehlt mir immer öfter, und die Pflege der Großeltern, vor allem der Großmutter, klagt sie, kostet Kraft, Kochen und Waschen und mitten in der Nacht klingelt es, und der Großvater meldet, dass sie wieder aus dem Bett und irgendwo im Haus herumgeistre oder auf dem Boden liege wie ein Stück Holz, schwer und steif; so daß Mutter hinübergehen und unter den vielen Pillen, die Großvater irgendwo in Reserve hält, die richtige heraussuchen muss. Dann hieven sie Großmutter wieder ins Bett. Ich kann kein Auge mehr schließen, klagt Großvater.

Großvater will auch sterben.

Im Juni ist die Verwandtschaft da gewesen. Man hat Großmutter soweit hergerichtet und den Haarsträhnen ein wenig Fülle gegeben, daß es doch noch nach etwas aussah. Das Dorf sandte Tambouren, Pfeifer und Musikgesellschaft. Später Kirchenchor und Männerchor. Der Gemeindepräsident überbrachte die Glückwünsche und schenkte dem nunmehr ältesten Amedesser Bürger, 1. Rang, eine Wappentafel mit dem Bild des Dorfpatrons. Im *Sternen* wurde auf Großvaters Wunsch ein währschaftes Mahl serviert: Braten, Rind oder Schwein, in Scheiben geschnittene und, wie er es schätzt, leicht geröstete Kartoffeln, dazu Bohnen. Dann die Rede des Jubilars, der nicht mehr so frisch war wie beim Neunzigsten. Im Vergleich zu ihr aber immer noch rüstig. Nur fehlten, anders als vor fünf Jahren, die Sätze, die in die Zukunft wiesen. Großvater begnügte sich diesmal mit einem breiten *Tankigott* nach allen Seiten und für alles. Im Namen der Enkelkinder ergriff Herbert von Herrliberg das Wort, der es bis jetzt als einziger in die höheren Etagen geschafft hat: Dr., Versicherung, Hauptmann. Seine Frau Doris nennt er Dösli. Im übrigen beschränkte er sich in seiner langen Rede, aus der alle romanischen Spurenelemente – außer *tat* oder *tatta* oder *culm* – feinsäuberlich ausgemerzt waren, auf Jugend, Gesundheit, Familie, Sicherheit, Erfolg usw.

Die Tische waren hufeisenförmig angeordnet wie vor drei Jahren, nur war es damals weniger festlich, gab keine Tischkärtchen und Sitzordnung nach Geschlecht, Alter oder Grad der Verwandtschaft, auch keine Reden. Ein bißchen Aufschnitt, Salami, etwas Speck. Dazu Brot, Butter und Wein. Mutter saß irgendwo zwischen den Großeltern und den engeren Verwandten. Schluchzen und Tröstungen. Daß man jetzt zusammenhalten müsse, halt.

Ratschläge und Tips. Mutmaßungen über die Todesursache, Rauchen, Alkohol, Stress. Viele Wenn oder Aber, endlich einstimmig: Wenn die Stunde gekommen ist, so Gott will, jeder muß, früher oder später. Großmutters Dementia senilis durchbrach das gedämpfte Gemurmel in regelmäßigen Abständen mit der Frage: *Chi é mort,* wer ist gestorben, worauf jemand – halb verärgert über ihre Gedächtnisschwäche, halb beschämt darüber, den Namen erneut erwähnen zu müssen, wo man doch, so kurz nach der Beerdigung, eher von *ihm* redet oder vom *Verstorbenen* – nahe an die verwirrte *Tatta* heranging und ihr deinen Namen ins Ohr flüsterte. Darauf fing sie an, kräftig zu schluchzen, was die einen veranlaßte, vom Wetter zu reden oder vom Sport, andere jedoch, näher verwandt, umso wirksamer ansteckte.

Großmutter weint noch heute. Fast täglich und fast immer für sich, und wenn man sie nach dem Grund fragt, wimmert sie und antwortet, ohne die Augen aufzuschlagen, die das Muster ihrer Schürze fixieren: *Mia tatta é morta,* die Großmutter sei gestorben.

Es geschieht, daß Mutter die falsche Pille wählt und Großmutter anderntags plötzlich in Fahrt kommt und die ganze Welt zum Teufel wünscht. Später sitzt sie wie ein Lamm und leicht vornübergebeugt am Tisch, trinkt den Tee mit gemächlichen Schlücken, dazu ein Hörnchen, das sie mit klapperndem Gebiß verspeist. Sie hat den Grund ihres Ärgers längst wieder vergessen. Irgendwann steht Großvater auf und befiehlt: *Via!* Arm in Arm und sich gegenseitig stützend, schlurfen sie wie zwei Touristen, die die ganze Zeit der Welt besitzen, in ihr Haus hinüber. Solange die Sonne ein paar Strahlen über den *Sternen* wirft, sitzen sie auf dem Bänkchen vor dem Haus und schauen dem Treiben auf der Hauptstraße zu. Großvater pafft seine Pfeife, während Großmutters Hände mit aller Sorgfalt das Schürzenmuster glätten.

Großmutter will und kann nicht sterben.

Der Garten ist nebensächlich. Ein Vorwand. Regnet es, ist Mutter doppelt froh und meint: So können wir gemeinsam in der Stube sitzen. Wir reden wenig. Hauptsache, sie glaubt, daß es mir gut geht. Gegen sechs knipst sie den Fernseher an. Mag sein, daß sie ein vertrautes Gesicht sucht, eine Stimme hören will, plötzlich, nach Ansage und Signet, laut Programmheft und deinem Wochenkalender: Donnerstag, Schnitt; Freitag, Moderation; Samstag, *Telesguard*. Gesicht und Stimme. Vielleicht sucht sie die Augen, die jetzt mitten in die Stube lächeln, mitten in die Stuben blinzeln, etwas frech und etwas ernst, und dann die sonore,

Mutter sieht dich täglich.

Ich erinnere mich: Wir waren für den Abend verabredet. In meiner Agenda steht unter Donnerstag, den 21. Oktober: Vater zum Nachtessen (keine Zwiebeln), 19 Uhr. Du kamst etwas später, die Spaghetti schon fast al dente. Das Gesicht voll Furchen, aber fröhlich. Du setztest dich und erzähltest, während ich noch ein wenig nachwürzte, von deinem Film, von der Arbeit im Schnittraum, von der Cutterin, aber vor allem vom Film. Portrait eines Bienenzüchters. Portraits, schon immer deine Spezialität. Früher waren es Maler gewesen, Bildhauer, auch Rechenmacher, Holzschnitzer usw. Später Psychiater und Hausfrauen. Jetzt also der Bienenzüchter, *igl apicultur*. Du hattest dich wie immer in die Thematik vertieft, neugierig, Bücher, Feldstudien. Dann erste Testaufnahmen im Bündner Oberland, Versuche, den wortkargen Imker zum Reden zu bringen und ihm das Lampenfieber zu nehmen. Du hattest eine große Achtung vor Bauern. Auch vor Handwerkern. Warst fast unterwürfig. Oder war es Neid? Du gabst ihnen immerhin das Gefühl, jemand zu sein. Den geschwätzigen Theoretikern zogst du die Praktiker vor. Hast du mir deshalb vor Jahren gesagt: Schuster, Amedes, das wäre doch etwas für dich?
Zum Dessert kamen Freunde. Jetzt blühtest du auf. Nach kurzer Zeit hattest du sie alle eingesteckt und erzähltest immer ausschweifender und in satteren Bildern von deinem Bienenzüchter und deinen Völkern,

von deinen Drohnen und von deinen Königinnen. Und dieser Orientierungssinn, schwärmtest du, und erst der Nektar. Schließlich warst du beim Honigbrot angelangt. Dann alles wieder von vorn, dazwischen ein paar Worte zum ökologischen Gleichgewicht, immer würziger, immer anekdotischer, und wie du nach der Pensionierung, dann schaff ich mir meine eigenen Völker an, sagtest du, meine Völker, meine Drohnen, meine Königin, daß das sozusagen eine Wissenschaft sei und einen Lehrstuhl verdiene; plötzlich warst du Professor für Imkologie geworden, in Pisa oder Nîmes, wir hätten dich einstimmig gewählt, daß man sogar Latein und du zitiertest das Diktum der Imker. Nicht genug. Du holtest von neuem aus, es wurde spät, man gähnte, lachte wieder, lachte im Gähnen, während du, gähnend, weiterredetest, das Glas nachfülltest, Grundrisse zeichnetest, seht ihr, sagtest du, so müßt ihr euch ein Bienenhaus mit dreißig Völkern vorstellen, dann zeichnetest du die Waben und die Kopfbedeckung des Imkers, ihr müßt euch ein feinmaschiges Netz vorstellen, sagtest du und umarmtest die Luft, doch unsere Vorstellungskraft hatte nachgelassen, die ersten verabschiedeten sich, du riefst ihnen den lateinischen Imkerslogan nach wie ein Nota Bene, rühmtest noch einmal den Bienenfleiß und den Nektar und den Honig. Es ist spät, Vater, sagte ich, doch du ließest dich nicht beirren und klammertest dich, als glaubtest du nicht, daß wir längst auf deiner Seite waren, an das eine Wort wie an einen Schlachtruf oder ein Geheimnis, das nur du zu kennen schienst: SI SAPIS, sagtest du und hobst die Brauen, SIS APIS.

Eine Woche später warst du tot.

In späteren Jahren erkannte Amedes, daß er eine Grille war: Ich bin eine Grille. Zuerst waren es Heuschrecken oder Grashüpfer, und er konnte ihnen stundenlang zuschauen, während die Großen Heublachen davontrugen und der Großvater mit mächtigen Schritten die Gabel schwang. Schon früh hatte sich ihm die Überzeugung eingeprägt, daß der Tod der Grille ungerecht ist. Daß die Ameise sich vergeblich abmüht. Aber er wuchs mit dem Lied auf und besang, ohne den tieferen Sinn der Fabel verstanden zu haben, den Purzelbaum der Grille und den elenden Zusammenbruch der Ameise vor dem Grab ihres Bräutigams. Später ging er auf seine Art den Tiefen nach. Zu einer Zeit, als er auch schon die ersten Zeichen von Bildung in sich spürte, las er im Schweizer Lexikon des Vaters folgende Stelle: «...artenreiche, echte Heuschrecke. Plump-walzenförmig gebaut, hinten Sprungbeine. Verkürzte Vorderflügel (Männchen mit Zirporgan). Zum Teil schädlich. Bekämpfung durch Bariumfluorsilikat.» Solche Lektüre bewirkte, daß Amedes sich des öfteren in späteren Jahren an die Zeit zurückerinnerte, da er von Zirpen und Organen keine oder seine eigene Vorstellung besaß.

Frühes Amedes

Wenn es föhnig ist, bekomme ich Kopfschmerzen.
Auch Tante Erika, die wie wir mit ihrem Mann, Onkel
Eugen, und ihren Kindern, die älter sind als meine
Brüder und ich, hier im Dorf wohnt, beklagt sich über
starke Kopfschmerzen, wenn es föhnig ist. Hast du
heute auch Migräne, fragt sie mich dann. Der Föhn
komme von den Bergen. Im Gegensatz zur kalten Bise,
die von unten heraufblase. Wenn es kalt ist, weil die
Bise weht, sagt Großmutter: *I fa aura sut*. Das Wetter
werde unten gemacht. Gegen Abend, wenn das Nacht-
essen bereits auf dem Tisch steht, kommt es vor, daß
die Schmerzen stärker werden. Doktor Lugi hat mir
schon dreimal in den Kopf geschaut und einmal elek-
trische Kabel hineingesteckt und nichts gefunden.
Beim letzten Besuch hat er mir oder Mutter gesagt:
Das git amool an Profässer. Doch geholfen hat es nicht.
Weil wir daheim romanisch sprechen, sagen wir nicht
Föhn, sondern *favugn*. Am Schmerz ändert das nichts.
In der Schule reden wir deutsch, aber Lilli, unsere
Lehrerin, hat noch nie vom Föhn erzählt.

Heute ist Samstag. Ein ganz besonderer Samstag.
Sonst würde ich nämlich um zwei mit meinen Freunden Fußball spielen. Und zwar bis sechs. Doch weil
morgen Weißer Sonntag ist und ich dieses Jahr an die
Reihe komme, müssen wir heute beichten.

Der Herr Vikar hat uns auf den großen Tag vorbereitet. Als ich ihn fragte, ob es dann besonders viel schneie, hat er mir gesagt: *Dr Wyssi Sunntig isch ä häiligä Taag, Amedes, s Wyssi vum Sunntig isch d Räinhäit vu dr Seel.* Außer uns beiden haben alle gelacht. Der Herr Vikar kommt von dort, wo die Schöllenenschlucht ist und die Teufelsbrücke. Er heißt Berger.

Dienstagabend besuche ich die Jugendriege. Ich turne gern. Bis zum Bündner Jugendriegetag in Thusis dauert es noch drei Wochen. Heute habe ich keine Kopfschmerzen, obwohl es föhnig ist. Doch am Dienstag habe ich meistens Kopfschmerzen, wenn ich am Abend nach der Schule unbedingt in die Jugendriege gehen sollte, auch wenn es nicht föhnig ist. Zuerst ist es nur ein leichter Druck auf der Stirn oder in den Augen. Gegen vier wird der Druck stärker und sticht. Mein Freund Gregor, der nie Kopfschmerzen hat, entschuldigt mich deshalb bei Jugendriegeleiter Herrn Lehrer Casura, der im Oberdorf wohnt und im Kirchenchor singt und am Anfang immer prüft, ob alle da sind. Wenn man sich nicht entschuldigt, zeichnet Herr Lehrer Casura mit einem roten Bleistift eine Kartoffel in sein blaues Büchlein. Wenn ich zuviele Kartoffeln unter meinem Namen habe, wird er mit Vater sprechen, der auch singt. Ich schwöre, daß ich noch nie gefehlt habe, wenn ich keine Migräne hatte.

Wenn wir am Samstagnachmittag nicht Fußball spielen, treffen wir uns auf einem der Hügel im Dorf.

Manchmal greifen die Apachen die Cowboys an, oder wir graben uns in Dachshöhlen ein, bis es dunkel wird. Einmal haben wir das Gartenhäuschen von Luzis Vater, der eine große Wäscherei besitzt, in Brand gesteckt. Wir dachten, Luzis Vater, Herr Wäscher Bletsch, hätte genug Wasser, um das Feuer zu löschen. Als wir ihn überzeugen konnten, dass wir mit dem Brand und dem Feuer nichts zu tun hatten, hat er noch am gleichen Nachmittag mit Dorfpolizist Cahenzli, der unser Nachbar ist und auf der Kanzlei arbeitet, gesprochen. Ob diese Lüge heute zu beichten wäre, haben wir uns damals nicht überlegt.

Amedes hat mindestens fünfzehn Hügel. Wir nennen sie *tummas*. Als wir noch im Oberdorf wohnten, spielten wir meistens auf Tumma Platta oder Tumma Padrusa. Weil wir aber von dort immer viel Holz und Schmutz in die Wohnung schleppten, haben Herr und Frau Montalin aus Chur, denen die Wohnung gehört, Vater, Mutter und uns ins Unterdorf geschickt. Jetzt spielen wir vor allem auf Tumma Casté oder Tumma Tschelli oder Tumma Marchesa oder Tumma Falveng. Der kleinste Hügel von allen, Tumma Pizokel, ist vor einigen Jahren weggeschaufelt worden, damit wir im Sommer mit Filip, unserem Fauweh, schneller nach San Bernardino und Bosco della Bella, wo wir die Ferien verbringen, kommen. Mutter hat gesagt, daß Bosco nicht mehr in unserem Kanton liege. Aber auch noch nicht im Ausland. Im Herbst, wenn alles dürr ist, rauchen wir Nielen. Am Fuß der Hügel gibt es massenhaft Nielen. Mit dem Sackmesser schneiden wir murattilange Stücke ab. Dann zünden wir sie an und rauchen. Wir müssen dabei aufpassen, daß Vater und Mutter, Herr Lehrer Casura, Herr Wäscher Bletsch, Herr Polizist Cahenzli und die Mitglieder des Kirchenchores, vor allem Herr Altlehrer Pétar Antúne Barnaus, der Dirigent und Schulaufseher, den Vater gut kennt, weil wir mit ihm verwandt sind, uns nicht sehen. Wenn der Herr Vikar uns sehen würde, wüßte ich nicht genau, ob das schon eine Sünde ist.

Meine Freunde können heute auch nicht Fußball spielen, wenn sie romanisch-katholisch sind. Weil wir in der Klasse mehrheitlich so sind, können auch die Reformierten nicht Fußball spielen. Der Leib Christi Amen. Der Herr Vikar hat am letzten Mittwochnachmittag in der Tischkammer der Pfarrkirche gezeigt, wie wir es machen müssen. *Jaa nid byssä,* hat er gesagt und dann mit geschlossenen Augen die Hostie langsam im Mund zergehen lassen. Es sei uns freigestellt, uns die Hostie vom Pfarrer auf die Zunge legen zu lassen, nachdem wir sie herausgestreckt hätten, oder direkt in die Hand, wo wir sie nehmen und selber in den Mund schieben könnten. *Ier miend aber schuurig üfpassä, dass si nid uf ä Boodä ghyt.* Wir haben den Herrn Vikar angestarrt, als hätten wir noch nie einem Menschen beim Essen zugesehen. Wir waren beeindruckt, als er uns mit ernster Stimme sagte, daß es das letzte Abendessen sei. Es war mäuschenstill in der Tischkammer, und es roch nach Weihrauch, süß wie die *Füfarpolla,* die wir nach der Schule kaufen und stark wie die Villiger Kiel, die Großvater jeden Sonntag nach dem Mittagessen raucht, bevor er Jassen geht und Großmutter allein im Stübli zurückläßt. Der Herr Vikar tat mir leid. Es ist nicht schön, wenn man allein essen muß. Vor allem nicht, wenn es das letzte Mal ist. Deshalb sagte ich: *An Guata, Herr Vikar.* Sofort klöpfte seine Hand an meine Wange, ich fiel nach vorn, landete auf dem kalten Boden der Tischkammer und starb. Als ich zwei Minuten später auferstand, sah ich den Mann am Kreuz, der ernst und lange auf den Kauenden schaute. *Amedes, Amedes, schämmdi,* flüsterte dieser und blickte hinauf zum Kreuz. Dann hat er mit geöffneten Augen, die mich ernst beobachteten, den Rest der Hostie verschluckt.

Manchmal muß ich am Samstagnachmittag daheim bleiben, weil ich im Garten helfen oder mit Großvater aufs Feld muß. Er hat noch eine Kuh, die Brina heißt und den Wagen zieht, und drei Rinder, die wir *muigas* nennen. Wenn die Kanne nicht zu schwer ist, darf ich die Milch in die Molkerei tragen, wo sie Herr Foppa wiegt und in den großen, runden Behälter gießt. Im Herbst sammelt Großvater das Fallobst, und im Winter macht Herr Munt daraus ein paar Flaschen Schnaps. Eine bekommt Vater an Weihnachten.

Die grüne Jacke mit dem kleinen Loch an der linken Naht habe ich am liebsten. Wenn die Schule aus ist und ich noch spielen darf, ziehe ich sie immer an. Für die Schule, meint Mutter, sei die gelbe Jacke mit der Aufschrift vorteilhafter. Meistens, außer im Sommer, wenn Badewetter ist, trage ich Plüschpullover. Im Winter dicke Wollpullover mit Rollkragen. Für die Sonntage hat mir Mutter einen dunkelbraunen Blazer gekauft. Er passe zu den hellblauen Stoffhosen. Mutter will, daß ich gepflegt aussehe, wenn ich in die Kirche gehe. Weil morgen Weißer Sonntag ist, hat sie mir einen dunkelblauen Anzug gekauft und mich gestern nach der Schule zu Coiffeur Camenisch geschickt. Heute morgen, als ich in den Spiegel schaute, standen meine Haare büschelweise in die Höhe. Wenn sie morgen auch aufrecht stehen, werde ich sie mit der Brillantine, die Vater immer gebraucht, glatt streichen.

Meistens, wenn ich die Schule bereits um drei verlassen muß, weil das Stechen schlimmer geworden ist, muß ich erbrechen. Oft kommt es mir schon beim *Steinbock* oder vor dem Polizeiposten. Ich sehe dann das Mittagessen auf dem Trottoir. Manchmal sind noch ganze Spaghetti vorhanden oder Salatblätter. Ich renne schnell heim. Nach dem Erbrechen friere ich am ganzen Körper. Mutter sagt: *Tej vezzas ô blaich,* und hilft mir ins Bett. Während draußen die Sonne langsam ins Oberland verschwindet und die letzten Apachen mit ihren Nielenstummeln über die Hügel in die hereinbrechende Dunkelheit kriechen, zieht Mutter die Vorhänge zu, damit ich das schräg einfallende Licht nicht ertragen muß, weil sonst das Stechen in den Augen unerträglich wird. Dann legt sie mir einen kalten Waschlappen auf die Stirn.

Heute fühle ich mich wohl, auch wenn es föhnig ist und ich nicht frei habe. Kein Katholik meines Alters hat heute frei. Ich freue mich auf die Beichte. Dann wirst du ganz rein, Amedes, hat Mutter gesagt. Sie weiß es bestimmt, denn sie hat schon viel und oft gebeichtet. Ich würde am liebsten die grüne Jacke mit dem kleinen Loch an der linken Naht anziehen. Mutter will aber, daß ich für die Beichte die gelbe Jacke trage. Die grüne Jacke passe nicht zum Beichten: *La jacca verrda fa béc i passen,* sagt sie. Vor allem beim *r* friert mich. Weil morgen Weißer Sonntag ist, habe ich mir vorgenommen, heute nicht zu streiten.

Mach's gut, Amedes, sagt Mutter im Windfang. Bis zur Pfarrkirche dauert es fünf Minuten, wenn man langsam geht. Ich renne. In der Diele hat mir Mutter mit Weihwasser ein Kreuz auf die Stirn gemacht. Am Morgen, bevor ich zur Schule gehen muß, erinnert sie mich immer daran: *As fatsch la crusch?* Weil ich jetzt renne, spüre ich, wie die Stirn schnell wieder trocken wird. Der Föhn ist stärker geworden. Ich renne, was ich kann. Heute wird mir der Herr Vikar alle Sünden verzeihen.

Im Gegensatz zur Grille hatte Amedes überlebt. Ich bin ein Überlebenskünstler, mein Kopf ist härter als Stein, dachte er. Das macht den Leuten Eindruck, und er erzählte, was ihm in jungen Jahren zugestoßen war: ... ja, und dann habe ich die Augen geschlossen und bin schnurgerade die vereiste Schlittenbahn am Tumma Tschelli heruntergerutscht. Und daß der Werkbus mit Fabrikarbeitern gleichzeitig genaht und ihn überfahren, daß dann das Glatteis alles zum Guten und er mit einer Gehirnerschütterung liegengeblieben und drei Monate lang bei der Mutter gelegen, schließlich wieder kindergartenreif und gesund geworden sei, und das alles erzählte er, nur nicht daß die Augenzeugen und der Arzt und der Vater, der den Unfall mitangesehen, und die Mutter, die den Telefonhörer abgenommen hatte, ihn für tot gehalten hatten. Ein andermal habe man seine Sandaletten dreißig Meter vom Bottaholz entfernt zwischen Bürgerheim und Dorfbrunnen gefunden. Der rote Fiat hätte noch voll abgebremst und Lichtzeichen gegeben, dann wäre das Fahrrad mit dem kleinen Buben frontal gegen das Auto geprallt, in die Luft geschleudert hätte es Rad und Bub, und wieder zurückgefallen wären sie, auf den Kühler zuerst und dann auf die Hauptstraße, vor das linke Vorderrad, und der Lenker, ein entfernter Verwandter, hätte an diesem Dienstagnachmittag gerade noch den Wagen zum Stehen gebracht, bevor das linke Vorderrad und vermutlich auch das linke Hinterrad den zweiten Sohn der zweiten Tochter des früheren Gemeindepräsidenten und Schulmeisters meingott überfahren hätten. Ein Wunder, erzählte der Vater später oft, daß wir unseren Buben noch haben, Ärzte und Ordensschwestern hatten damals einen doppelten Beckenbruch festgestellt; dann Knochensplitter in

Blasennähe entdeckt. Lebensgefahr. Doch im Gegensatz zur Grille, die ihre Hochzeitsfreude mit einem zerschmetterten Schädel bezahlen musste, hatte Amedes überlebt, und außer den chronischen Kopfschmerzen, die alle Erwachsenen Migräne nannten, von der Doktor Lugi aber nicht mit Sicherheit behaupten konnte, daß sie mit den Gehirnerschütterungen zusammenhing, hatte Amedes, so schien es, keine nennenswerten Beschwerden davongetragen und die Prüfung ins Gymnasium bestanden, den Befürchtungen und Bedenken Lehrer Casuras zum Trotz und ungeachtet von Vaters Angebot: Meinetwegen kannst du auch Schuster werden, Amedes, ganz wie du willst – doch Amedes hatte schon damals gewußt, daß der Vater des Vaters, der andere Großvater, vor vielen Jahren in Trun Schuster gewesen war und arbeitslos und daß der Vater, der ehemalige Sekundarlehrer und spätere Sekretär, Dirigent und Redaktor, eine Vorliebe hatte für Kreise, die sich schließen – und fortan nannte Amedes seine Kopfschmerzen, falls die unfreiwilligen Schulabsenzen einen Eintrag ins Absenzenbüchlein mit Unterschrift eines Elternteils notwendig machten, und das Stechen in den Augenhöhlen und das Kotzen und das Bohren unter der Schädeldecke «Jugendmigräne und Erbrechen».

PAIMPOL. – L'autorail Guingamp-
Paimpol transportait, hier après-midi, 19
passagers, qui devaient arriver en gare de
Paimpol à 17 h 31. Il était presque à
destination et roulait à 55 km/h, lorsqu'au
P.N. non gardé, un poids lourd chargé de
15 tonnes de cailloux s'engagea sur la voie,
au moment précis du passage de l'auto-
rail... (Le Journal de Saint Brieuc et des
Côtes du Nord, 13 août)

Stimmen. Durcheinander. Ein Kind schreit. In der
Nähe Stöhnen. Wieder Stimmen. Männerstimmen.
Stille. Jetzt ein metallenes Geräusch. Ein Scharren.
Kratzen. Jemand weint. Plötzlich ein dumpfer Laut.
Die Stimmen ganz nah. Jemand schreit. Jemand ruft:
Attention. Das metallene Geräusch jetzt deutlicher.
Wie eine Schaufel. Wieder Stille. Dann dunkel. Plötz-
lich ein Ruck: Doucement, doucement. Dann ganz
laut: Tire. Eine Maschine heult auf. Wie eine Kreissä-
ge: Arrête. Schwaches Stöhnen. Jemand hustet. Ame-
des hört: Il est mort, er ist tot. Endlich dunkel.

In Amedes dauerte es nicht lange, bis das ganze Dorf,
die Kioskfrau, Coiffeur Camenisch, Wäscher Bletsch,
Polizist Cahenzli und die Mitglieder des Kirchenchores es wußten: daß Andreas gestorben sei und Amedes
beide Beine verloren habe. In Amedes ist man über die

Toten schnell im Bild, und es braucht wenig und man ist beide Beine los. Rasch denkt man sich einen Rollstuhl herbei, man baut Rampen, wo nötig, oder öffnet eine Tür. In der Kirche wird man dem Invaliden eine Nische einrichten, damit er nicht zu knien braucht. Architekt Canova wird einen Spezialtarif machen. Das Haus plötzlich voll Rutschbahnen. Also ich bewundere Amedes' Mutter, wie sie das schafft, wird man hören, und: Es ist ein Kreuz, weißgott. Zwei Beine sind mehr als eins. Sonst genügten Krücken, und der Gang wäre aufrecht. Man wird den Armen besuchen und gern etwas mitbringen, vielleicht ein Puzzle oder Bücher, etwas, wobei er die Hände gebrauchen kann. Wenigstens in der ersten Zeit. Später ein Ausflug mit dem Auto, ich kann ihn gewiß für einen Tag übernehmen, hieße es, oder für ein Wochenende, damit er etwas anderes sieht. Ohne weiteres. Im Winter wäre man bereit, den Schlitten zu ziehen. Der Schnee hat ihm doch immer so viel bedeutet, und: damit er die Loipe wenigstens sieht. Das erste internationale Schlittenrennen für Beinamputierte auf Gemeindeboden wäre nur noch eine Frage der Zeit. Auf die Länge machen Krüppel mehr Eindruck als Tote.

Anderntags kam Amedes wieder zu Bewußtsein. Er erinnerte sich fast an alles: den Bahnhof von St. Brieuc, das Umsteigen in Guingamp, den Abschied von Serena. Wie sie in den vorderen Teil des Zuges gegangen waren, zuerst er, dann Andreas, wie sie sich

mit ihren Rucksäcken durch das Abteil zwängen mußten, zu beiden Seiten Reisende, ein paar Brocken
deutsch und zwei freie Sitzplätze vorne rechts. Welche
Aussicht. Dann die Fahrt: Andreas am Fenster. Amedes neben ihm. Gangseite. Ausblick durch die Front-
scheibe wie beim Postauto. Das Gleis gut sichtbar. Die
Kilometer huschten als dünne Stäbe unter ihnen vorbei. Gebüsch auf beiden Seiten. Dazwischen Lichtun-
gen und Häuser. Manchmal ein Dorf. Die tiefstehende
Sonne. Und plötzlich war etwas Rotes auf sie zuge-
kommen. Dann dunkel.

Amedes zwischen Traum und Erwachen. Er schläft,
wacht plötzlich wieder auf, eine Gestalt schleicht vorbei, er sieht den Raum, das Lavabo, einen Blumenstrauß, schläft wieder ein. Wo ist Andreas?

Die Mütter hatten Angst gehabt, die Väter zu Vor-
sicht und Vernunft geraten, und alle vier hatten ihnen
lange nachgewinkt auf dem Bahnsteig in Chur. *Amedes,
écca va!* hatte die Mutter immer wieder gebeten, und
noch am Vorabend der Abreise, als die Fahrkarten
bereits abgeholt und bezahlt waren, hatte sie gefleht:
Bitte, bitte Amedes, geh nicht fort, es wird nicht gut
gehen. Die Väter hatten vermittelt und über die Köpfe
und Herzen der Mütter hinweg beschlossen und ge-
siegt mit den Söhnen, die nichts verstanden hatten
außer Ferien und Freiheit und Frankreich und allein.
Dann kamen Paris und ein riesiger Bahnhof am Mor-

gen und müde Glieder und die Freude und die Lust auf ein Frühstück und den Kauf der ersten Postkarte mit Turm und unsere Lieben wir sind gut angekommen zwar es regnet doch macht nichts denn Paris ist schön und voll von neuen Dingen und macht Euch keine Sorgen es geht uns prima und Grüße an die Brüder und *Tat* und *Tatta* und allen Küsse Amedes Andreas.

Admission Note

Past history: The patient was born in Switzerland and finished his schooling about June 1978. He did quite well and had no previous psychiatric disturbance. Three years ago he was in a very severe train accident where a friend was killed and he required extensive leg surgery. Almost miraculously he has recovered so well that he can dance with the group. (Psychiatric Ward, Union Hospital, Moose Jaw, Saskatchewan; October 30th)

Amedes wollte nicht eingeliefert werden. Plötzlich dieser eigenartige Schmerz in der Magengegend. Tony, der Direktor der Gruppe, hatte erklärt, wie und warum: Man beiße sich jahrelang durchs Leben, dann übersäure der Magen, du bekommst Mundgeruch, hatte er gesagt, bis sich das kleine Loch durchgefressen hat, dann Blutungen, und nichts mehr zu machen außer Pillen ein Leben lang. Allein in Amerika gäbe es Millionen mit Magengeschwüren, hatte Tony gesagt, und man müsse lernen, seine Turnschuhgröße zu akzeptieren. Otherwise you have an ulcer.

Schuhprobleme: mit Mutter nach Chur zu Charles Voegele, Kinderabteilung. Keine Einlagen zwar, aber etwas Robustes, und nicht zu schwer. Mutter redet mit der Verkäuferin, wissen Sie, sagt Mutter, seit dem

Unfall. Amedes macht Probierschritte, linker Fuß, rechter Fuß. Wo drückt's, fragt Mutter, dann die Geschichte mit den ungleichen Füßen, wissen Sie, die Operationen. Amedes in Halbschuhen mit Gummisohle, dann Mokassins, und die gefälligen Modelle stets im Auge und die Verkäuferin im Ohr: Wissen Sie, sagt sie, die haben wir nur ab Größe 40. Dann schauen beide auf Amedes und Mokassins, und beide, Mokassins und Amedes, wandeln zwischen den Gestellen. 41. Willst du mir eine Freude machen, Amedes? 42. Mutter strahlt. Viel Elegantes jetzt: Stiefel, Ornamente, Goldspangen. 43. Dann vor dem Spiegel, von vorn und von der Seite, Mokassins im Spiegel, also die Mokassins gefallen mir, meint Mutter, während Amedes noch einmal hinübergeht, Gestell und Modelle betrachtet: 37 – 38. Doch die Zeit drängt, Mutter will noch in den Globus, und Amedes macht immer noch ganz kleine Schritte, so daß die Verkäuferin die Schachtel holen und die neuen Mokassins einpacken darf, nachdem Amedes die alten Turnschuhe, mit denen ich, sagt Mutter zur Verkäuferin, niemals in die Kirche gehen würde, wieder angezogen hat. Mutter bezahlt und meint: Jetzt haben wir doch etwas Ordentliches gekauft.

Ich kann nicht mehr scheißen. Und Amedes drängt: I have to see a doctor. It is urgent. Doch kein Arzt weit und breit. Dienstfrei oder Ferien oder Feierabend. Nichts als die nette Stimme des Alibiphons. Es eilt aber. Ich kann bei der Show nicht mitmachen, doch die Vorstellung hatte schon begonnen, die ersten Lieder, Amedes' Auftritt nur noch eine Frage von Minuten, you have to, Amy, und er schleppte seinen Magen auf die Bühne, spotlight, daß man sofort erblindet und nichts mehr sieht außer den lichtdurchfluteten Staub in der Luft. Jetzt den Spruch, my name is Eimedes, hello everybody, I'm from Switzerland, dann den Text aufsagen, ein paar Köpfe, Konturen, Rollstühle in der vordersten Reihe, men and women, begann Amedes und: human technology, dann die Stelle über das Versagen selbiger Technik, so you have to give the Jukebox a kick, nur noch drei Sätze, und ich bin, dachte Amedes, gerettet: The world... (Schweigen)... Amedes hatte plötzlich den Faden verloren, was kommt nach der Welt, dachte er und: Help. Doch da war keine Souffleuse, der Unterbruch nun schon sekundenlang, im Publikum die ersten Lacher, Amedes versuchte zurückzulächeln, bis er sagte: ...is round, worauf er, nach kurzer Verneigung, verschwand (ab). Drummer Eric, der jetzt die Band in die ersten Takte hätte führen sollen, hatte noch nicht begriffen, was vorgefallen war, und $-Brandy, der Sängerstar der Gruppe, hatte das Kostüm und den Glitzer noch gar nicht angezogen und übergestreift als Amedes, Eimedes, what's the matter, an ihm vorbeirannte und in der Garderobe verschwand. Unterdessen war im Publikum ein schallendes Gelächter losgebrochen, und Applaus füllte den Saal. Im Nu ertönten Sprechchöre,

Swiss man Swiss man Swiss, bis Direktor Tony keine andere Wahl blieb, als Amedes zusammen mit $-Brandy auf die Bühne zurückzuschicken. Erstmals in der Geschichte der populären UP WITH PEOPLE wurde das Programm, das sonst durch seinen perfekt getimten Zweistundenparcours, klar umschriebene Funktionen der einzelnen Teilnehmer und eine durchdachte Rollenverteilung (wer darf die Solos?) auffällt, leicht abgeändert. $-Brandy sang zwar wie vorgesehen und kraftvoll wie immer die Jukebox-Ballade, die auf imponierende Weise schildert, wie der Mensch die Technik im Griff hat, wobei ein Fußtritt genügt, um die streikende Musikbox wieder auf Klang zu bringen. Der hundertkehlige Chor trat kräftig mit und brüllte den Refrain *Kick Kick Kick*. Doch im Gegensatz zu früheren Auftritten, zum Beispiel in Brandon, Saskatoon, Winipeg oder Regina, stand diesem Lied diesmal ein kleiner Schweizer Pate. Amedes, der den Liedtext nicht auswendig konnte (no solo), versuchte, so gut es ging, dem Duett die bestmögliche zweite Hälfte zu sein, wobei er die Lippen, die Augen stets auf $-Brandy gerichtet, ganz im Sinne von $'s Vokalen und Konsonanten zu ordnen sich bemühte, welcher Nachvollzug sich mit geringster Verspätung zeigte, so daß $-Brandy die Strophe oder Note längst zu Ende gesungen hatte, während Amedes, Jesus Christ, noch, wie im Bärengraben der Bär in Erwartung einer Rübe, ein offenes o, a formte. Der Applaus war beeindruckend, und es ist wahr, die Feedbacks von allen Seiten bestätigen es, daß Amedes den größeren Teil auf sein Konto buchen konnte. Der Erfolg des Intermezzos war so verblüffend, daß Amedes' infolge Blackout vorzeitig abgerundete Liedansage zu einem Bestandteil der Show erklärt wurde und in den künftigen Vorstellungen viel Beifall erntete.

So rund ist die Welt.

Wie es wirklich war: Amedes wurde vermisst. Er erschien weder zur letzten Probe noch zum Nachtessen. Sally wollte ihn am Nachmittag noch gesehen haben, unten beim Fluß im Birkenwald, er habe getan, als sähe er sie nicht, sie habe noch gerufen, doch dann sei er verschwunden, hinter den Birken am Fluß, und nicht mehr aufgetaucht. Die Show beginnt. Ohne Amedes. Tony klappert mit dem Wagen die Gegend ab, fährt zum Fluß, ruft in den Wald hinein, kehrt in die Stadt zurück, versucht's in den Restaurants, in den Läden, endlich Saint Paul, das Portal offen, Tony geht hinein, verneigt sich, schreitet durchs Mittelschiff, durchs Dämmerlicht der Kirche, da, endlich, in der ersten Bank, thank God, leicht vornübergebeugt. Tony flüstert: Amy, what's the matter? Der durch die Worte etwas aufgeschreckte ältere Herr schaut ihn an. Tony flüstert: I'm sorry. Dann fährt er zum Auditorium zurück.

Was trieb Amedes? Früher Nachmittag. Endlich ein Arzt. Dr. Ferguson. Tony fährt mit Amedes hin. Can you walk, fragt er, als sie dort sind, und Amedes nickt. Tony zeigt die Richtung, Amedes folgt dem Finger, sieht die Straße, die Ampel, noch eine, yes, I see. Also um vier zur Probe im Auditorium. Tony fährt los, Amedes klingelt. Was hat er nur?

Die Visite dauert kurz, Amedes redet kaum, außer: my stomach, oder: problems with shitting. Dr. Ferguson lächelt, runzelt die Stirn und schreibt das Rezept. Draußen nochmals die vier goldenen Regeln: 1. Tee, 2. Suppe, 3. Schlaf, 4. Sonnenschein. Amedes vor dem Haus. Er weiß: Ich habe seit Nächten nicht mehr geschlafen. Aber wo, fragt er, ist die Apotheke?

Drei Uhr. Am Fluß. Erde und Laub. Das Wasser fast schwarz. Bin ich, fragt sich Amedes, zu früh abgebogen? Hat er die Ampel verpasst?

Immer noch der Fluß. Amedes erinnert sich: endlich ohne Krücken. Es ist kurz vor Weihnachten. Der erste Schnee schon festgetreten. Willst du es wagen, fragt Mutter und führt Amedes hinaus auf die Hauptstraße, hinunter zum Bürgerheim. Geht's? Dann Unterführung und Rhein. Arm in Arm mit Mutter flußaufwärts, links die Autobahn, bravo Amedes, rechts der Rhein, eingebettet zwischen riesigen Steinbrocken, es ist, sagt Amedes, anstrengend. Der Schnee knöcheltief. Jetzt gehen wir, sagt Mutter, nach links, Amedes, und heim, und sie verspricht Punsch und Birnbrot. Wieder

auf der Hauptstraße, Schneematsch und nasse Mokassins. Mutter sagt: Du brauchst neue Schuhe. Dann
Calanda, Steinbock, Sternen. Geschafft.

Schon fünf und dunkel. Endlich eine Brücke und erste
Häuser. Amedes wieder mitten in Moose Jaw. Keine
Ahnung, wo ich bin. Dann beginnt es zu regnen.
Er müsse stundenlang umhergeirrt sein, sagte der
Polizist kurz vor Mitternacht zu Tony. Ungefähr um
elf sei er völlig durchnäßt auf den Posten gekommen.
Man habe ihn hereingelassen. Er habe nur gesagt:
Good evening, my name is Eimedes, and I'm from
Switzerland. Und: I don't find the auditorium. Des-
halb seien sie mit ihm hierher gefahren, meinte der
Polizist und fügte hinzu, er glaube, der Junge sei sehr
krank. In derselben Nacht wurde Amedes eingeliefert.

Es stimmt, ich habe einen harten Kopf, dachte Amedes, nachdem die Mutter ihm gesagt hatte: Amedes, du bist ein Dickschädel, und zusammen mit dem Vater alles unternommen hatte, um die Reise nach Amerika zu verhindern. Das ist nichts für dich. Amedes erinnerte sich an frühere Zeiten, die andere Sieger gekannt hatten als ihn: Mutter, Mutter, ich will Tambour werden, schumbrader, schumbrader less eu vagnì. Da war jeder Gegenstand seinen sieben Jahren ausgeliefert. Fenstersimse, Kommoden, Tische, Stühle und Polster erbebten unter seinen trommelnden Händen, und überall hallte seine Stimme: Trarampapa trarampampam traram. Bald würde er Jungtambour sein und wie die andern nach der Schule mit dem Übungsböckli unter dem Arm in den Keller des Kindergartens gehen. Doch seine Hände hatten nachgeben müssen, und sein Kopf wurde weicher, Amedes ließ sich umschulen, tü tütü tüüü, und immer mit der Zunge anschlagen, sagte Lilli, und ihr dürft die Blockflöte nicht zu hoch halten, sonst werden eure Arme müde. Artig befolgten sie Lillis Anweisungen, senkten die Blockflöten und senkten den Blick.

Am Grab

Es riecht nach Honig. Die meisten Gräber sind mit Begonien zugedeckt. Dazu weißer Alyssum. Man denkt, da muß jemand eine Idee gehabt haben, eine Witwe, und plötzlich leuchtet das Grab ihres Gatten rotweiß und grell und so, daß alle übrigen Farben im Nu verblassen, und siehe da, über Nacht werden Dutzende Hinterbliebener geschäftig, packen Hacke und Schäufelchen und machen sich auf dem Friedhof emsig ans Werk, so daß anderntags alle Terrassen des Hügels hell aufblinken und zufällig das Dorf Überfliegende derart blenden, daß sie sich fragen müssen: Was ist denn da unten für ein Fest?

Vermutlich ist es die Jahreszeit: August, Begonienzeit. Nicht für Mutter. Sie hat viel Grün gepflanzt, Gräser und Blätter, dazu Bellis, Astern, Edelweiß. Ein Stiefmütterchen. Ein paar Steine. Der Grabstein ist in der Mitte gespalten. Mutter hat es so gewünscht. Als man ihn aus Zürich herantransportiert und aufgerichtet hatte, gab es eine kleine Aufregung im Dorf, und immer wieder traten die Leute an Mutter heran und flüsterten ihr zu: Um Himmels Willen, euer Stein ist gesprungen. *FOSSA FESSA.*

Man hat dich auf der oberen Terrasse begraben. Nicht weit von Andreas entfernt. Links und rechts von dir liegen je drei Frauen, und sie alle sind über zwanzig Jahre älter geworden als du. Hast du sie gekannt? Dein

Name ist kursiv eingemeißelt. Darunter die Daten: 1928 – 1982. Dann RIP. Kein Gedicht.

Was ich weiß: Übelkeit am späten Vormittag. Und so bleich, sagt die Cutterin. Man holt Tee, empfiehlt Pillen und schlägt vor: Leg dich doch hin. Du willst den Film über den Bienenzüchter fertig schneiden, es muß sein, sagtest du, und: nur noch eine Frage von Zentimetern. Dann wird dir schwindlig. Du mußt auf die Toilette, trinkst Wasser, übergibst dich. Man sucht ein Bett, doch alle Sanitätsräume sind verschlossen, nirgends ein Abwart, kein Schlüssel. Dann Mittagessen und leichte Besserung. Schüblig und Kalterer; du habest, sagt die Cutterin, von Bienen erzählt, die es nur in Mauretanien gäbe, von Bienen mit drei Stacheln und libellenflügelgroßen Flügeln. Riesig. Nachmittag: gegen drei ein Druck in der Brustgegend. Ich kann nicht mehr atmen, sagst du. Dann wieder auf die Toilette, in Begleitung, wieder Wasser. Tee. Die Cutterin sucht einen Arzt, erfolglos, der Abwart ist immer noch unauffindbar. Du telefonierst mit Mutter, sagst: Mir ist elend, und: Ich komme früher heim. Fünf-Uhr-Zug. Im Studio rät man dir, doch den Vier-Uhr-Zug zu nehmen. Du packst die Tächlikappe, die braune Ledermappe, suchst die Brille, Himmel, wo ist die Brille, man sucht im Schnittraum, auf Pulten und Stühlen, auf Fenstergesimsen. Da, endlich, auf deiner Nase. Man lacht. Scherzt. Dann in Begleitung eines Redaktionskollegen schnell zum Tram Richtung

Hauptbahnhof. Es eilt. Warum kein Taxi? Kurz vor vier ranntet ihr durch die Bahnhofshalle. Der Kollege voraus. Du ihm nach. Wir haben das Trittbrett in letzter Sekunde erreicht, der Zug rollte schon, erzählte er später, und: Wenn ich Schüblig sehe, wird mir übel. Nach Horgen mußtest du noch einmal auf die Toilette. Der Kollege begleitete dich. Danach ging es wieder etwas besser. Du habest dich quer auf die Polsterbank gelegt, die Bündner Zeitung aus der braunen Mappe genommen und gelesen. Ein paar Bemerkungen zum Weltgeschehen. Kurze Zeit später, auf der Höhe von Lachen, bist du gestorben.

Mutter erzählt, daß du sie schon am frühen Vormittag zweimal angerufen und ihr zwei Strophen eines Kinderliedes, die du auf der Hinfahrt geschrieben hattest, vorgesungen habest.

Seine Stimme war ganz schwach, sagt Mutter. Sie stand kurz nach halb sechs auf dem Bahnsteig und wartete. Sie hatte keine Ahnung, daß du zu dieser Zeit längst in einem Metallsarg lagst und irgendwo zwischen Ziegelbrücke, wo man dich aus dem Zug getragen hatte, und Amedes auf der Autobahn heimfuhrst. Was weiß Mutter?

Ich erinnere mich: Benedikt und ich fahren am selben Abend zu deinem Bruder. Man redet wenig. Es gibt Tee, später Wein. Irgendwann holt Onkel Lukas eine alte Kartonschachtel, entnimmt ihr zwei vergilbte Todesanzeigen und legt sie auf den Tisch. Der Tod wird organisiert. Wir vergleichen die Todesanzeigen eurer Eltern und machen die ersten Entwürfe. Dabei immer die Frage: Was würde er schreiben? Man trinkt wieder einen Schluck, läßt sich ablenken, erinnert sich, eine Anekdote, Tränen und Zigaretten. Oder wir müssen schmunzeln. Über irgendeine Episode oder ein Wort. Endlich die traditionelle Variante: Wir haben die schmerzliche Pflicht... und dasselbe auf romanisch, dann die Namen der Verwandten, Ort und Zeit der Beerdigung, statt Blumen und Kränzen usw. Oben rechts ein Vierzeiler aus einem deiner religiösen Gedichte:

Nies balbegiar daventa laud,
E quei che nus formein
E quei che fuorma nus
Ei grazia.

Wenn wir stammeln, lobpreisen wir/Und was wir formen/Und was uns formt/Ist Gnade.
Und immer die Frage: Ist es in seinem Sinn? Onkel Lukas meint, es wäre wichtig, die Verwaltung des Nachlasses aufzuteilen, und wir einigen uns: Benedikt das Juristische, Amedes das Literarische. Anderntags erscheint dein Name auf den Frontseiten.

Ich erinnere mich: Am Morgen nach deinem Besuch standen wir gemeinsam auf. Ich fühlte mich verpflichtet, dich in den Tag zu begleiten. Wie du da standest, unbeholfen und verwirrt, ein Verlorener zwischen Tag und Nacht, der noch nicht bereit ist, sich ganz auf die Seite des Tages zu schlagen. Ich bekam fürsorgliche Gefühle und stellte mir vor, wie es wäre, wenn du in zwanzig Jahren mit der gleichen Hilfsbedürftigkeit, die wir von deinem Vater her kennen, durch die letzten Tage deines Lebens gingest. Wir hatten oft davon gesprochen und darüber geschmunzelt. Antennenverkalkung nannten wir diese Absenz im Alter, die für deinen Zweig des Stammbaumes programmiert zu sein schien. Entweder ein früher Tod, der es gar nicht soweit kommen läßt, oder, wenigstens für die männlichen Vertreter, ein langsames Versinken und Zerfallen bis zum gänzlichen Verlust des Selbstandes. Du lachtest und sagtest immer: Wenn ich es kommen sehe, gibt es schon noch andere Möglichkeiten. Oder du brachtest eine deiner lateinischen Wahrheiten an, im Spalier aller verfügbaren Zwinkereinheiten, und verkündetest: SUB SPECIE AETERNITATIS. Die Vorstellung, dir beim Ankleiden helfen zu müssen, beim Essen, beim Urinieren, ängstigte mich mehr als der Gedanke an die Sterbehilfe, die du dir, auf dem Höhepunkt deiner Wachheit, gewährt hättest. Daran mußte ich denken oder denke ich jetzt, da ich mich erinnere, wie es war, als ich dir beim Ankleiden zusah. Du suchtest im Halbdunkel Hose und Hemd. Bis ich das Licht anknipste. Warum warst du nicht auf den Gedanken gekommen? Man macht doch Licht, am Morgen, wenn es noch dämmert. Warst du schon Biene

45

oder Imker, und hattest dir also einen geschärfteren Orientierungssinn angeeignet? Oder warst du gleichgültig geworden? Wolltest du auf ein bißchen mehr Licht verzichten können? Kam es auf das Mehr-oder-Weniger gar nicht mehr an? Oder schämtest du dich, nackt vor mir zu stehen?

Während du ins Bad gingst, füllte ich Wasser in den Kochtopf und schnitt ein paar Brotscheiben. Ich konnte hören, wie du schwer atmetest, das Gesicht wuschest, die Zähne putztest. Plötzlich fluchtest du. *Giavalèn,* zum Teufel, riefst du laut und trotzig. Ich trat in den Gang und schaute durch die offene Badzimmertür auf dich. Den Lichtschalter hattest du gefunden. Doch wie ein Fremder, der in der neuen Welt, die er betritt, zuerst heimisch werden muß und an den ersten Prüfungen, vor die veränderte Spielregeln ihn stellen, noch scheitert, schienst du vor einem unlösbaren Problem zu stehen und zu kapitulieren. Gibt es denn, schimpftest du, in diesem verdammten Badzimmer keinen Anschluß? Ich lachte. Ich spürte, wie dich deine Unbeholfenheit mir auslieferte. Ich war dir zum ersten Mal überlegen. Dann kam ich ins Bad und zeigte dir den Anschluss, etwas versteckt halt, aber wie üblich neben dem Spiegel. Ganz einfach. Fast wie zu Hause, Vater. Nur etwas weiter unten. Du murmeltest. Doch bedankt hast du dich nicht. Nicht mit Worten. Du murmeltest, zufrieden, summtest und rasiertest dich.

Nach dem Frühstück begleitete ich dich zur Tramhaltestelle. Du warst sehr gesprächig, erzähltest wieder vom Film, von einzelnen Sequenzen, vom Kommentar, dessen Rohfassung du schon geschrieben hättest, und immer wieder vom Bienenzüchter, wie er vor der Kamera kaum Worte fände, während er, in der Kneipe oder bei der Arbeit, im Bienenhaus, ganze Romane, und du erzähltest von einem Zoom, wo du die Kamera ganz nahe an seinen Kopf herangeführt hättest, daß die Augen hinter dem Netz groß im Bild gewesen seien und die Poren und Falten gut sichtbar. Du sagtest: Ich will Menschen zeigen, Amedes. Dann kam das Tram. Wir umarmten uns, bevor du mit anderen Leuten einstiegst. Ich schaute dir nach, sah, wie du ein Stück nach vorn gingst und dich an der Stange festhieltest. Ich sah dein braungebranntes Gesicht, deine Lippen, deine Augen. Ich sah das Zwinkern und zwinkerte. Ich sah es zum letzten Mal.

Vielleicht war es das Augenzwinkern, vielleicht der Hauch eines Lächelns, das die Mundwinkel umspielte. Amedes brauchte nur dieses Gesicht zu sehen, und die Sorgen verflogen, das Leben wurde gewichtslos und wurde leicht. Aber manchmal legte sich eine unerwartete Strenge auf die Stirn des Vaters: Was ein Lächeln gewesen war, verwandelte sich plötzlich in einen vorwurfsvollen Ernst, und das Essen wollte nicht schmecken. Die dunklen Augen des Vaters schienen ständig auf Amedes zu haften und lähmten. Doch ein einziges Zwinkern oder die Andeutung eines zu erwartenden Zwinkerns in den Augenfältchen oder ein Schmunzeln auf den Lippen vermochten den Bann zu brechen, die Lähmung zu lösen und die Angst.

Frühes Amedes

Der Herr Vikar hatte am letzten Mittwoch gesagt, wir sollten in der Kirche artig sein. Er wünsche, daß wir auf die Erwachsenen, die ebenfalls zur Beichte gingen, Rücksicht nähmen. Wir sollten uns nur auf die Beichte besinnen, uns unsere Sünden noch einmal Punkt für Punkt durch den Kopf gehen lassen und dann, sobald die Reihe an uns sei, geräuschlos und still in den Beichtstuhl treten.

Wenn ich gegen den Willen Gottes handle, sündige ich. Gott hat uns Menschen seinen Willen gezeigt, als er uns seine Gebote gab.

Diesen Spruch kenne ich auswendig.

Die meisten sind schon in den Bänken. Nachdem ich beim Eingang niedergekniet bin und mit der Hand, die ich vorher in Weihwasser getunkt, das Kreuz gemacht habe, gehe ich nach vorn und setze mich neben Gregor, der als einziger von uns nicht Romanisch kann, weil sein Vater aus Goßau kommt und seine Mutter aus St. Gallen. Die andern heißen Reto, Ruedi, Luzi, Marco und Stöffi. Außer uns sind noch drei alte Frauen da, die leise beten. Sie halten einen Rosenkranz zwischen den Fingern. Meine Urgroßmutter, die vor einigen Jahren gestorben ist, weil sie schon über Neunzig war, und die uns jedesmal einen kugelrunden Pfefferminzzucker geschenkt hat, wenn wir sie im Stübli der Großeltern besuchten, hat auch immer den

Rosenkranz gebetet. Nach jedem Gebet hat sie eine Perle vorgeschoben, so lange, bis jede einmal an der Reihe gewesen ist. Muttergottes Maria, bitt für uns Sünder jetzt.

Reto hat fast keinen Hals, und Ruedi kann den Ball fünfunddreißigmal, so sagen die andern, von einem Fuß zum andern spielen, ohne ihn fallen zu lassen. Luzi besitzt das größte Messer überhaupt und klettert am besten. Marco, der wie ich vom Oberland kommt, ist nur einen halben Zentimeter größer als ich. Sonst bin ich der Kleinste. Stöffi wohnt im Restaurant *Crusch alva*, das seinem Vater gehört und genau dort steht, wo Johannes von Nepomuk auf die Straße schaut. Wir sitzen jetzt alle andächtig in der Bankreihe. Es ist still. Nur manchmal hustet eine der drei Frauen hinter uns. Dann drehen wir uns rasch um und schauen. Von draußen hören wir das Hupen eines Autos oder einen Ruf, den ich nicht verstehe. Wenn wir nicht ruhig knien und mit einem Knie zu weit nach vorn geraten, stoßen wir gegen die Heizung. Dann gibt es einen Knall wie auf der Pauke, die Luzis Onkel immer schlägt, wenn die Musikgesellschaft spielt und er an die Reihe kommt. Am Nachmittag und im Sommer ist die Kirche nie geheizt. Deshalb ist es jetzt kühl, obwohl es draußen föhnig ist. Der Herr Vikar hat uns eingeschärft, wir dürften ja nicht vergessen, das Kirchengesangbuch mitzunehmen. Hast du das KGB, hat Mutter gefragt, als sie mir das Kreuz auf die Stirn zeichnete. Ich habe das KGB:

Lieber Vater im Himmel. Du hast mich lieb. Alles Gute, das ich habe, hast Du mir gegeben. Du hast Deinen lieben Sohn gesandt und uns in Dein Reich eingeladen. Du hast mich zu Deinem Kind gemacht, damit ich Dir folge und einst bei Dir ewig glücklich werde.

Lilli und den Eltern müssen wir auch folgen. Ob ich einst auch Fußball spielen darf?

Leider habe ich Böses getan. Ich komme nun zu Dir und bitte Dich: Verzeih mir meine Sünden. Gib mir Deinen heiligen Geist, daß er mich erleuchte. Hilf mir, meine Sünden recht zu erkennen, ernsthaft zu bereuen und aufrichtig zu beichten. Mach, daß Du mich wieder ganz lieb haben kannst. Amen.

Ich überlege, während die alte Frau, die zuvorderst sitzt und am lautesten von allen dreien betet, kräftig hustet: Ich weiß nicht, was *Böses* ist. Vom heiligen Geist hat uns der Herr Vikar schon erzählt. Von diesen roten Zungen, die vom Himmel auf die Apostel herabgefallen sind. Doch ein Leuchten habe ich nie gesehen. Außer bei den Kerzen, die am Sonntag auf beiden Seiten des großen Altars brennen. Wenn ich mit den Augen blinzle, erscheinen die Flammen in vielen kleinen Teilen, wie Sterne. Doch die Flammen der Kerzen sind nicht rot. Höchstens orange. Es wird wunderbar sein, wenn die roten Zungen kommen. In diesem Augenblick kommt der Herr Pfarrer, ein alter Mann mit weißen Haaren, der immer ernst ist; er geht

51

durch den Seitengang auf der Frauenseite und verschwindet in seinem Beichtstuhl. Über der Tür ist ein Schild angebracht. Darauf steht: HHw. Hr. Pfr. Peng. Nach einer Weile leuchtet über dem Schild ein rotes Licht auf, und die Frau, die vorhin kräftig gehustet hat, steht auf, öffnet die kleine Tür auf der linken Seite des Beichtstuhls und geht hinein. Dann ist es wieder still. Jetzt kommt der Herr Vikar in den Chor, geht, wie vorhin der Herr Pfarrer, mit leicht geneigtem Kopf durch den Gang auf der Männerseite und verschwindet, nachdem er, zu uns gewandt, einmal *pssst* gemacht hat, in seinen Beichtstuhl. Wir dürfen bei ihm beichten, weil er uns besser kennt als der Herr Pfarrer oder Herr Kaplan Deragisch und wir ihn auch.

Ruedi, der als erster an die Reihe kommt, steht auf und betritt durch die Tür auf der rechten Seite den Beichtstuhl des Herrn Vikar. Sofort leuchtet auch bei ihm ein rotes Lämpchen auf. Ob das der heilige Geist ist? Der Herr Vikar hat uns gesagt, daß wir im Beichtstuhl knien müssen. Während des Wartens in der Bankreihe dürften wir uns setzen. *Aber üfrächt.* Nur zu Beginn, für die Besinnung, und am Schluß, für die Buße und Danksagung, hat der Herr Vikar gesagt, *miänd er abeggnüüle.* Luzi fragt Gregor, ob er aufgeregt sei. Ich kann nicht verstehen, was Gregor antwortet, weil er zu leise spricht. Auch in der Schule kann man ihn kaum verstehen, wenn er einen Text liest, obwohl sein Vater im Schulrat ist und oft mit meinem Vater, der noch nicht im Schulrat ist, im *Central* sitzt. Lilli muß ihm immer sagen: *Versuach doch lütar z lesa.* In der Klasse bin ich der Lauteste von allen. Das weiß Lilli. Bist du auch aufgeregt, will Gregor jetzt von mir wissen. Ja, ein bißchen, antworte ich. Und du? Ich habe auch ein bißchen Angst, flüstert Gregor. Warum? Und er antwortet ganz schwach: Weil ich nicht weiß, wie bös ich gesündigt habe. Ich überlege, dann sage ich: Man kann nie bös genug gesündigt haben, schließlich vergibt der Herrgott, hat Vater gesagt, auch dem größten Polizisten, wenn der Polizist reuig ist. Aber das habe ich zu laut gesagt, denn sofort öffnet sich die Tür des Beichtstuhls, und der rote Kopf des Herrn Vikar kommt heraus und alle Sünden, die Ruedi bis jetzt gebeichtet hat. *Sind er etz äntlichä stillä, hainamaal!* Danach ist alles wieder still. Reto, Stöffi, Marco, Luzi, Gregor und ich schauen gespannt nach vorn zum Tabernakel, wo das Allerheiligste versteckt ist. Vom Beichtstuhl her ist, wenn wir aufpassen und ganz leise sind, ein Gemurmel zu hören. Ich kann aber nicht verstehen, was Ruedi beichtet. Es ist nicht gut, wenn man die Sünden eines Freundes kennt. Ich nehme das KGB und lese weiter:

Gott will, daß wir oft an ihn denken.

Habe ich gern gebetet? Habe ich beim Beten an Gott gedacht? Habe ich Gott jeden Tag gedankt? Habe ich meine täglichen

Gebete absichtlich unterlassen? Bin ich in der Religionsstunde nicht aufmerksam gewesen?

Ruedi kommt aus dem Beichtstuhl und begibt sich, ohne sich umzuschauen, drei Reihen weiter nach vorn, wo er niederkniet und büßt. Jetzt geht Reto hinein, während Ruedi die Hände vor das Gesicht hält.

Gott will, daß wir vor heiligen Namen und Dingen Ehrfurcht haben.

Ich kenne den heiligen Amedes, weil ich so heiße; den heiligen Georg, weil er den Drachen getötet hat; den heiligen Anton von Padua, weil die Amedesser ihm auf dem Schloßhügel eine Kapelle gebaut haben und weil er, wenn ich etwas verloren habe oder bei einer kniffligen Rechnung nicht mehr weiter weiß, hilft; die heilige Maria Muttergottes, weil sie die wichtigste Frau neben Gottvater ist, die heilige Maria Magdalena, weil Jesus sie gern gehabt hat, die heilige Bernadette von Lourdes, weil wir daheim manchmal von Lourdes reden und Tante Erika einmal sogar dort gewesen ist, wegen der Migräne, und viel davon erzählt; den heiligen Franziskus von Assisi, weil er barfuß zum Papst gegangen ist und fast nichts gegessen hat; den heiligen Bruder Klaus, weil er seine Familie verlassen hat, um allein zu sein; den heiligen Johannes den Täufer, den wir Gion Battésta nennen, weil er von Herodes enthauptet wurde und unser Dorfpatron ist, und weil Vater, wenn er von ihm redet, sagt: der Rufer in der

Wüste. Reto hat sich jetzt zwei Reihen vor Ruedi gesetzt, der die Hände nicht mehr vor das Gesicht hält. Jetzt bin ich an vierter Stelle. Wenn alle, die vor mir noch drankommen, gleich lange Sünden haben, wie Ruedi und Reto zusammen, dann muß ich noch eineinhalbmal so lang warten, wie Ruedi und Reto gebeichtet haben. Ich gehe wieder zum KGB über:

Gott will, daß wir den Sonntag heilig halten.

Gott will, daß wir die Eltern und Vorgesetzten ehren und lieben.

Gott will, daß wir unsere Mitmenschen lieben und ihnen Gutes tun.

Petrus, der den großen Schlüssel trägt, ist auch ein Heiliger. Johannes von Nepomuk auch. Es ist jetzt drei Uhr. Um diese Zeit hätten wir, wenn wir nicht katholisch wären, auf dem Fußballfeld bereits zweimal die Seiten gewechselt.

Gott will, daß wir unseren Leib in Ehren halten.

Bin ich unschamhaft gewesen, im Anschauen, Reden, Anhören oder Tun? Habe ich mich von andern unschamhaft berühren lassen?

Einmal habe ich Mutter nackt im Badezimmer gesehen. Nur von hinten zwar und sofort wieder weggeschaut. Muß man sich schämen, wenn man unschamhaft ist? Manchmal kommt es vor, daß ich nach dem Fußballspiel ungewaschen ins Bett gehe. Wenn ich mich vorher duschen würde, blieben die Leintücher länger sauber, und Mutter müßte weniger waschen. Nach der Jugendriege gehe ich immer direkt heim. Dort schwitze ich nicht mehr. Meistens bin ich zu müde, um mich noch zu duschen. Man könnte es auch direkt neben dem Umkleideraum. Ich schäme mich aber, wenn die andern mich nackt sehen. Wegen meinem Glied. Es ist anders als bei den andern. Bei mir hat man früher im Spital etwas abschneiden müssen, weil es sonst zu eng gewesen wäre. Mutter hat gesagt, daß ich nicht der einzige sei, der Famose gehabt habe und daß Vater im Militär viele Glieder sähe, die auch abgeschnitten seien. *Qué normal*, hat sie gesagt. Ich schäme mich trotzdem. Bin ich deshalb unschamhaft? Ist das bereits eine Sünde?

Gott will, daß wir achten, was uns oder anderen gehört.

Gott will, daß wir immer wahrhaftig seien.

Gott will, daß wir ihn durch die Arbeit ehren.

Jetzt kommt die Frau, die vorhin so stark gehustet und am lautesten gebetet hat, aus dem Beichtstuhl. Sie geht langsam nach vorn und kniet nieder. Sie hat länger gebeichtet als Ruedi und Reto in einem, und Marco kniet auch schon zehn Minuten beim Herrn

Vikar. Hat man mehr Sünden, wenn man älter wird? Stöffi löst jetzt Marco ab. Reto und Ruedi, die ausgebüßt haben, stehen auf und gehen schnell zum Ausgang. Als sie an mir vorbei kommen, verabschieden sie sich mit einem leisen *moinz*. Wenig später knallt die schwere Tür des Hauptportals ins Schloß. Der Föhn kann stark sein, wenn er will, sagt Tante Erika immer. Beim Hinausgehen haben Reto und Ruedi vergessen, sich noch einmal vor dem Allerheiligsten zu verneigen. Vielleicht ist das schon die erste neue Sünde.

Gott will, daß wir uns beherrschen.

Habe ich meine Fehler bekämpft, besonders meinen Hauptfehler? Habe ich nie auf etwas Angenehmes verzichten wollen? Habe ich zuviel geschleckt? Habe ich zulange Radio gehört oder ferngesehen? Bin ich unbeherrscht gewesen beim Essen? Beim Spielen? Bin ich jähzornig gewesen?

Wir haben keinen Fernseher. Manchmal gehen wir deshalb zu den Großeltern. Am Sonntagnachmittag läuft Robinson. Wenn am Morgen die Orgel knarrt, und ich es höre, weil ich mit Vater auf der Empore sein darf, bin ich in Gedanken bei Robinson und im Schiff, das knarrt wie die Orgel in der Kirche, und ich spüre die Wellen ganz nah. Sobald eine Frau auf dem Bildschirm erscheint, die nur leicht bekleidet ist oder nackt, weil sie duscht, stellt Großmutter den Apparat ab. Sie wird zornig und sagt: *So buabs.* Darauf gehen

wir hinüber in unser Haus. Auf Robinsons Insel gibt es
keine Frauen. Was ist mein Hauptfehler?

Ich bereue und will mich bessern.

*Lieber Gott, Du bist gut zu mir. Du hast mir das Leben
geschenkt. Du hast mir gute Eltern geschenkt, die für mich
sorgen. Dafür sollte ich Dir danken und das tun, was Du
befiehlst. Aber ich habe Deine Gebote oft übertreten und Dich
dadurch beleidigt. Das war nicht recht von mir. Ich wollte, ich
hätte es nicht getan. Ich will mir jetzt Mühe geben, daß es
anders wird. Ich bitte Dich, verzeihe mir.*

Ruedis Vater ist gestorben, als Ruedi erst drei Jahre
alt war. Silvias Vater wohnt nicht mehr im selben
Haus wie sie und ihre Mutter. Sie sieht ihren Vater
einmal im Monat. Priska hat mir gesagt, daß ihr Vater
sie oft schlage. Meistens mit der flachen Hand. Für
Ruedi, Silvia und Priska und viele andere müßte der
Herrgott ein neues Gebet erfinden. Ist Gott jähzornig,
wenn er befiehlt? Was macht er, wenn er beleidigt ist?
Gregor lacht, während Luzi, der ihm einen Witz erzählt hat, den ich nicht verstehen konnte, durch die
Tür verschwindet, die Stöffi eben verläßt, um die Buße
zu bezahlen. Vielleicht war es gar kein Witz.

*Lieber Heiland im Himmel. Aus Liebe zu mir bist Du Mensch
geworden. Durch Dein Leiden und Sterben hast Du mich erlöst.
Auch ich bin schuld an den Schmerzen, die Du bei der*

Geißelung, bei der Dornenkrönung und am Kreuz erlitten hast.
Lieber Heiland, verzeih mir meine Sünden. Ich will sie nicht
mehr tun. Ich will den Schaden wieder gutmachen. Gern will
ich auch den andern verzeihen und mich bemühen, meinen
Hauptfehler zu bekämpfen. Hilf mir dabei. Amen.

Ich komme als letzter dran. Der Herr Vikar wird
bestimmt müde sein. Wie macht er es nur, so viele
Sünden auf einmal zu vergeben? Mein Herz schlägt
immens. Der Mesmer bringt Blumen in den Chor. Für
morgen. Herr Kaplan Deragisch verläßt den Beichtstuhl. Er ist ohne Sünder geblieben. Ob er nur auf
romanisch vergibt?

1. Glauben und Beten
2. Heilige Namen
3. Sonntag und Kirche

Insgesamt sind es zehn. Gregor kommt jetzt heraus.
Hoffentlich vergesse ich die Reihenfolge nicht. Ich will
den Herrgott nicht beleidigen.

4. Eltern und Vorgesetzte
5. Geschwister und Mitmenschen
6. Schamhaftigkeit
7. Eigentum

Langsam stehe ich auf und gehe zum Beichtstuhl.

Durch ein kleines Holzgitter erkenne ich das Gesicht von Herrn Vikar Berger. Ich kann ihn aber nur von der Seite sehen. Er sitzt. Im Beichtstuhl ist es dunkel und eng. Meine Beine zittern, meine Knie schlottern, ich bin durstig. Jetzt gehe ich in die Knie und beginne zu sprechen: Ich bin ein Knabe von achteinhalb Jahren (ob der Herr Vikar weiß, wer ich bin?). Ich habe nicht immer gebetet. Oft war ich nach dem Turnen so müde, daß ich es vergaß. In der Religionsstunde habe ich manchmal nicht aufgepaßt, zum Fenster hinausgeschaut und geschwatzt. Auch habe ich mich mit meinen Freunden über den heiligen Johannes von Nepomuk lustig gemacht, weil er so komisch auf die Straße schaut. Manchmal fluche ich, wenn ich mich ärgere. Meistens sage ich *huara* oder *saich*. Ich passe nicht immer gut auf in der Kirche: Es kommt vor, daß ich plötzlich nicht mehr weiß, wo ich bin. Ich habe meinen Eltern nicht immer Freude bereitet. Ich bin frech und trotzig gewesen. Gegen den Herrn Religionslehrer, Herrn Hochwürden Herr Vikar, habe ich mich am letzten Mittwochnachmittag in der Tischkammer unschamhaft verhalten (ich wage nicht aufzuschauen), weil ich ihm ungünstig *an Guata* gewünscht habe (ob er die Ohrfeige vergessen hat?). Das war mein Hauptfehler. Einmal haben wir Fredi zusammengeschlagen, weil er mir Pickel und Kletterseil gestohlen hat. Wir haben ihm aber nicht sehr weh getan. Doch er hat trotzdem geweint. Zu meinem letzten Geburtstagsfest habe ich Josef nicht eingeladen, weil sein älterer Bruder mich auf der Tumma Platta an einen Marterpfahl gefesselt hat. Bis es dunkel wurde (wenn Josef und sein Bruder katholisch wären, müßten sie auch beichten). Ich habe mich nicht immer gewaschen und bin zu lange in der Sonne gelegen, ohne mich zuzudecken (der Herr Vikar hat nämlich gesagt, daß so etwas ungesund sei und eine Sünde gegen den Körper). Letzten Sommer habe ich aus dem Garten von Herrn Polizist Cahenzli siebzehn Erdbeeren gestohlen und hinter dem Haus gegessen. Einmal bin ich mit dem Fahrrad absichtlich durch einen Bach gefahren und habe damit das Eigentum unschamhaft traktiert. Für ein neues Vorderrad hat Herr Martekarl vom Velogeschäft 25 Franken und 30 Rappen verlangt, die mein Vater bezahlen mußte. Ich habe gelogen und geprahlt. Ich war nicht immer wahrhaftig und oft unbeherrscht. Ich habe anderen unrecht getan. Ich habe meine Hausaufgaben unordentlich gemacht. Ich habe geschmiert und gekleckst und zuviele *Füfarpollas* geschleckt. Jesus Barmherzigkeit.

Jetzt sagt der Herr Vikar etwas, das ich nicht verstehe. Ich kann aber erkennen, wie er plötzlich das Kreuzzeichen hinter dem Gitter macht. Dann sagt er mit lauter Stimme:

Gelobt sei Jesus Christus.

Ich antworte, wie es im Buch steht: In Ewigkeit immer.

Darauf sagt der Herr Vikar: Amen, Amedes.

Und ich antworte: Amen, Herr Vikar.

Ich habe alles richtig gemacht, denn der Herr Vikar sagt: *Etz gaasch still üüsä.*

Ich stehe auf und verlasse den Beichtstuhl. Ich schaue zurück und sehe, daß der heilige Geist erloschen ist. Bis auf Gregor sind alle gegangen. Er sitzt in der Bank und ist ganz ruhig. Ich setze mich eine Reihe vor ihn, knie nieder und halte die Hände vor Mund und Augen. Wir sind allein. Ich versuche, an Gott zu denken. Ich spreize die Finger und schaue durch das Gitter nach vorn zum Tabernakel. Lieber Gott, hilf mir, daß ich nie mehr Migräne bekomme. Ich öffne das KGB und lese den letzten Abschnitt:

Lieber Gott, Du bist gut. Du hast mir durch den Priester die Sünden vergeben. Ich bin jetzt wieder ganz Dein Kind. Ich danke Dir und will diese Gnade nicht vergessen. Ich werde mir jeden Tag Mühe geben, die Sünde zu meiden und meinen Vorsatz zu halten. Ich will Dich immer mehr lieben und gut sein zu allen Mitmenschen. Jesus Christus, hilf mir dazu.
Maria, liebe Mutter im Himmel, bitte für mich, Heiliger Schutzengel, schütze mich. Ihr Heiligen alle, steht mir bei. Amen.

Erst jetzt fällt mir ein, daß ich vergessen habe, dem

Herrn Vikar meinen Vorsatz bekanntzugeben. Gregor ist gegangen. Nur beim Herrn Vikar brennt noch das heilige Lämpchen. Ob er jetzt beichtet? Ich stehe auf und verlasse die Bank. Im Mittelgang verneige ich mich noch einmal vor dem Allerheiligsten. Dann drehe ich mich um und gehe schnell zur Tür und hinaus. Es regnet. Ich renne heim. Mein Herz jubelt. Morgen ist Weißer Sonntag. Heute besitze ich ein weißes Herz. Ein ganz weißes Herz.

Fünfzehn Jahre später fragte die Mutter: Was habe ich nur falsch gemacht. Siebzehn Jahre später sagte sie: Ich bin sicher, daß du nicht einmal mehr das Vaterunser aufsagen kannst. Amedes antwortete: Natürlich kann ich es noch, und begann: Vater unser im Himmel, geheiligt werde dein Name, dein Reich komme, dein Wille geschehe, wie im Himmel ...

Mutter, ich bin nicht sicher, ob ich heute das Vaterunser noch aufsagen kann, sagte Amedes und war überzeugt, daß er sicher war.

Andreas

...Le camion rouge fut frappé de plein fouet alors qu'il était sur la voie. Le choc fut extrêmement violent. Encastrés l'un dans l'autre, train et camion s'immobilisèrent 20 m plus loin. L'avant de l'autorail, béant, avait reçu une bonne partie du chargement du camion, ensevelissant les premiers passagers, et rendant difficile le travail des sauveteurs...

Vor der Reise: Amedes mit Andreas' Mutter im Garten vor ihrem Haus. Sie macht sich Sorgen, sie sagt: Andreas ist noch zu jung. Amedes sieht die Frau und die Schürze, er sieht das bekümmerte Gesicht, die Lederhandschuhe, die Baumschere in ihrer Hand, die sehnigen Unterarme. Amedes antwortet: Das ist kein Problem. Aber du versprichst mir, sagt sie, nachdem Zeit und Bitten nichts genützt haben, du versprichst mir, daß du auf ihn aufpaßt. Amedes antwortet abermals: Kein Problem. Andreas' Mutter bückt sich zu ihren Rosen hinab. Amedes nimmt das Fahrrad, steigt auf und sagt: Ich verspreche es. Dann fährt er mit der beflügelnden Gewißheit, eine Hürde geschafft zu haben, davon.

Wieder eine Nacht vorbei. Von Zeit zu Zeit kam die Schwester ans Bett und maß den Puls. Mit jedem Erwachen traten die Gegenstände klarer hervor: die

Infusionsflaschen, das erhöhte Deckbett, das Lavabo, der Blumenstrauß. Die Schwester fragte: Ça va, und Amedes, der die Lippen kaum bewegen konnte, antwortete leise: Oui, ça va. Haben Mütter, denkt Amedes, einen siebten Sinn?

Andreas: immer wieder zuoberst auf dem Podest. Und überall gefeiert, in Trun, Bonaduz, Pontresina, Arosa, Klosters, Davos. Die Fachwelt staunt: ein Nachwuchstalent. Amedes' Stärke: Neuschnee und Pulverschnee. Im Pulverschnee ist er sogar schneller als Benedikt. Benedikt und Amedes sind schon Junioren, Kategorie I.

An den Bündner Meisterschaften in Zernez plötzlich eine starke Erwärmung. Temperaturen um null Grad. Pappschnee und Matsch, somit Wachsprobleme. Man pröbelt, versucht es mit den weicheren Sorten. Die einen grundieren mit rotem oder gelbem Trockenwachs, andere greifen zu Klister; das Rennen wird zur Lotterie. Im Startgelände mißt der Vater die Schneetemperatur. Aber es wird nicht kälter. Man macht einen letzten Versuch, trägt noch eine Schicht Blau auf, um das Risiko, der Schnee könnte an der klebrigen Grundierung haften bleiben, zu vermindern; oder man denkt an die Steigungen, befürchtet, sofern die Sonne doch noch oder erst recht nicht oder falls es kälter wird und Vereisungen da und dort, vor allem im Wald, einen spitzen Ski und beschließt, ein paar zusätzliche Tupfen Klister, wohl dosiert und am richtigen Ort, versteht sich, aufzutragen. Alle wollen steigen *und* gleiten können. Dann der Start. Schon nach wenigen hundert Metern wächst Amedes über sich hinaus. Plötzlich wie auf Stelzen. Schnee klebt an der Lauffläche, unter den Füßen; an ein Gleiten ist nicht zu denken. Stumpfsinn. Amedes muß die Skier abschnallen und den Schnee mit Handschuh oder Stockspitze wegkratzen. Ein zweiter Versuch: Heja, hopp Amedes. Aber die Rufe nützen nichts. Amedes wird, stolpernd, vierzehnter. Andreas passen die Verhältnisse. Kräftig stößt er ab, so daß es dem Schnee nicht gelingt, haften zu bleiben. Über Sulzschnee und Matsch gleitet er hinweg, konkurrenzlos. Andreas wird Bündner Meister, Kategorie Jugendorganisation.

Zwei Tage nach dem Unglück erscheint in der Bündner Presse eine Notiz unter der Rubrik «Unglücksfälle und Verbrechen». Sie trägt den fettgedruckten Titel: Zwei Bündner Langlauf-Hoffnungen in Frankreich verunglückt. Es folgt ein kurzer Text mit genaueren Angaben.

Noch lebt Andreas.

Am Nachmittag kam der Arzt mit Begleitern. Die Schwester schlug das Deckbett zurück. Alle beugten sich über die entblößten Stellen, flüsterten, nickten. Amedes sah nicht, was sie sahen und verstand kaum ein Wort. Grußlos verließ die Eskorte den Raum. Der

Arzt kam noch schnell zu Amedes zurück, drückte ihm die Schulter und sagte: C'est bien.

Wo, fragt Amedes, sind meine Beine?

Wieder Winter. Im Hinterrheintal bei Splügen. Der beginnende Rhein fließt still talauswärts. Rauhreif klebt an Sträuchern und Büschen. Der Atem pufft. Man überholt, heja, und spürt, daß man zusammengehört.

Oder Paris. Lauftraining durch den Bois de Boulogne. Liegestütze am Morgen vor dem Zelt. Seilspringen. Das gemeinsame Fernziel ist klar: mindestens Weltmeister oder Olympiasieger. Oder beides. Serena lacht.

Immer wieder Andreas: im Zug von Amedes nach Chur. Kantonsschule. Man rechnet, plant das nächste Rennen; es geht um Minuten, Sekunden. Man ist neidlos ehrgeizig. Andreas bevorzugt die technischen Fächer. Oder von Chur nach Amedes. Abends Konditionstraining in der Turnhalle oder Lauftraining im Gelände. Intervalle, Stehvermögen, Ausdauer. Man hat noch Reserven, hat noch Atem für ein Gespräch, läuft gleichmäßig, ausgeglichen und plant gemeinsame Ferien. Zum Beispiel: Bretagne.

Vor der Reise: Du darfst nicht vergessen, sagt Andreas' Mutter, daß er ein Jahr jünger ist als du. Ich
weiß.

Wieder dunkel. Amedes hörte Schritte; eine Tür fiel
ins Schloß. Dann Stille. Vor ihm, wo man Beine
vermutet, ein riesiger weißer Berg aus Linnen. An der
gegenüberliegenden Wand die Umrisse des Lavabos,
der Schatten von Blumen. Es ist ja nicht deine Schuld.
Aber ich fühle mich schuldig, dachte Amedes.

Admission Note

Entrance complaint: The patient could not say why he is in hospital.

Tucson, Arizona: Die ersten hießen Bruce und Buick. That's my stepfather's car, brüllte Bruce, nachdem er Amedes am Flughafen abgeholt hatte. Dann fuhren sie hinauf. Die Musik war laut, und der Fahrtwind schlug durch das offene Dach und nahm die Stimmen weg. Zu beiden Seiten der Straße ragten einarmige und mehrarmige Kakteen wie Finger in den Himmel. It's the first time in my life that I see a cactus, sagte Amedes und: We have different trees. Amedes mußte auch brüllen. That's great, brüllte Bruce zurück, und: Your English is very good.

Nein, nein, in der Schweiz sprächen sie kein Englisch, außer in der Schule, aber wir sprechen vier Sprachen, erklärte Amedes gegen Wind und Musik und streckte Bruce eine vierfingrige Hand entgegen. Wromäntsch, yes, wromäntsch, und Bruce wollte unbedingt, daß Amedes etwas auf wromäntsch sagte, please, Amy, und Amedes, der sich mit der amerikanischen Kurzform seines Namens einverstanden erklärt hatte (I just call you Amy, allright?) brüllte: *Beinvegni* – welcome. Und Amedes war angekommen.

London: Alison sagt: I'm sad. Doch die PANAM meint es gut mit ihnen, Amedes' Abflug wird immer wieder verschoben, noch bleibt etwas Zeit, sie gehen in den Park; der Abschied wird immer grüner, ein Boot, oder da, eine Eiche, daß man im Schatten liegen kann. Ich wünschte, du könntest bleiben, doch die Wünsche gehen mit dem Wind, verfangen sich im Haar, auf der Bluse, an den Gräsern, auf dem Rücken der Ameisen, die hurtig an den Schenkeln emporklettern, kiss me, man vergißt sich, ist nur noch Zunge und Haut und zwanzig Finger und die Nase dicht am Ohrläppchen Rosenparfum und ein Taumel bald Baumkrone und Himmelsgrün bald Erde Gras und Ameisen und Ameisen und Am... Not here, Amedes.

Endlich in der Luft. Unter Amedes ein Himmel aus Wasser, dann eine riesige Eisscholle wie ein langer Winter; der Dämmerung entgegen. New York. Ein kurzer Zwischenhalt, Umsteigen, eine helfende Hand; einer, der den selben Weg flog und schon alles wußte: You know, UP WITH PEOPLE. Ein Blick durch die großen Fenster hinaus in den Abend, weit hinten eine orange-gelbe Kugel und Wolkenkratzer: That's Manhattan, sagte Ake, so hieß die Hand, die Amedes' Rucksack über die Rolltreppe schleppte. Amedes folgte Ake mit schnellen, kurzen Schritten, denn die Zeit war knapp und der Weiterflug nach Houston gebucht. Später sackte die Maschine mehrmals ab, während der Kapitän mit ruhiger Stimme etwas von zehntausend Fuß sagte. Der Test mit der Schwimmweste, etwas Aufschnitt und Orangensaft, dann die Landung. Fasten your seat belt, good bye Ake, und Amedes stand da, mitten in Texas, mit seinem Rucksack Marke Bonatti, setzte sich in die riesige Halle und wartete wachend auf den nächsten Morgen. I miss you, Alison.

Das ist der Eiswürfelknopf, sagte Francy, Bruces Mutter. Unten kannst du wählen: der linke Schalter ist für große, der rechte für die kleinen Würfel, aber mein Mann und ich nehmen meistens die großen; und das da ist für die Coca Cola und das für den Orangensaft, man muß nur drücken; und hier kannst du kaltes Wasser und dort Milch, just feel at home, und Amedes sagte: Thank you very much.
Das ist die Veranda, hier kannst du rauchen, thank you, aber du mußt die Tür schließen. Das ist Bruces Zimmer und das Marcias, sie wird dir bestimmt gefallen, ya'll like her, I'm sure. Dein Zimmer ist auf der anderen Seite. Hier sind Badetücher und Handtücher, du kannst diese Seife nehmen oder jene, as you like, honey, do you have a girlfriend, Amy? Am Morgen essen wir Pfannkuchen und Eier und Speck, und am Abend bleiben wir oft zu Hause, we have so many programs, und am Sonntag machen wir ein Barbecue, es kommen Freunde; seit wir beim Marriage Encounter mitmachen, haben wir viele neue Freunde kennengelernt, I'm sure, you have a girlfriend, Amy; aber wir sind auch in der New Catholic Church, are you catholic too, Amy, und Amedes antwortete: Yes, but... Oh that's wonderful, unterbrach Francy, we all love you, son.

Der Ballroom der University of Arizona war prallvoll, als Mister Blanton Belt, der Präsident, ans Mikrophon trat und in die Menge brüllte: Hi everybody. Welcome to UP WITH PEOPLE, Mister Belt streckte die Arme vor (standing ovation). You are lucky people, Mister Belt streckte die Zeigefinger (standing ovation auf den Stühlen, Stampfen). Sprechchöre aus der Menge: Blanton Belt Blanton Belt Blanton Belt Belt Belt. Gebrüll.

Amedes erinnerte sich: Chur. Das Konzert wird angekündigt, in Zeitungen, auf Plakaten, Mundpropaganda. Am Abend ist das Stadttheater bis auf den letzten Platz besetzt. Die Show beginnt: Licht peitscht über die Bühne, Gesichter erscheinen, lachen, als wäre alles leicht und spielerisch, singen Lieder einer besseren Welt; Gleichheit, Brüder und Schwestern, black and white, viel Sonne und immer wieder Licht, wie eine Orgel, es regnet Licht. Was sind denn das für Menschen, fragt sich Amedes, der nach der Vorstellung als einer der ersten aufsteht und *Zugabe* brüllt.

Es wird spät. Das Stadttheater ist schon fast leer. Amedes sitzt in einer Reihe und wartet auf das Interview, das alles entscheidende Gespräch, welches die Zukunft bestimmt; endlich, denkt Amedes, und: Stell dir vor, Menschen von überall her, mit der halben Welt auf Tournee, bald hier, bald dort, Südamerika vielleicht, oder Japan, vielleicht China oder Polen, und ich, denkt Amedes, mit dabei, in einer der fünf Grup-

74

pen, die jährlich unterwegs sind, ich mit ihnen und einer von ihnen; oh, ich zirpe vor Aufregung; das wird ein Fest.

Dann das Aufnahmegespräch: Menschen wie du und ich. (Aber die haben noch etwas, was wir nicht haben, da ist ein Licht in den Augen, das wir nicht kennen). Amedes erklärt seine Welt in vorsichtigen, aber bestimmten Worten (nur nichts Falsches sagen jetzt, nur nicht um Himmels Willen). Friede und Lebensfreude sagt er, und übersetzt, was er den Augen der Gesprächspartner abliest, dechiffriert den Code, der ihm aus der Ferne zugezwinkert wird, this is what I really believe in, sagt er, und Zukunft, und eine Welt für alle. I believe.

(Ich will unbedingt.)

Zwei Monate später kommt der Brief. Amedes erkennt das Couvert sofort. Zwischen Tagblatt und Pfarrblatt leuchtet es hervor, meingott. Amedes zupft das schneeweiße Couvert aus dem gilblichen Dreck, das es umgibt, und jetzt schnurstracks hinaus und unter die Birke. Er reißt das Couvert auf, faltet den Brief auseinander und liest mit angehaltenem Atem: Dear Amedes, wir freuen uns, Ihnen mitteilen zu dürfen... ojeoje, was denn, was denn, denkt Amedes; endlich: ein funkelndes Band aus riesigen Buchstaben kommt ihm entgegen, da unten, schwarz auf weiß, steht es: aufgenommen.

Purzelbaum.

Auf der Veranda: Amedes blickte hinunter auf die Stadt, die ihren Sternenhimmel anknipst. Kakteen, wo man hinschaut. Amedes drehte sich um. Hinter dem Moskitonetz erkannte er in der leicht verdunkelten Stube die Umrisse der Edisons. Sie tranken etwas und starrten alle in die Nische, aus deren Mitte ein farbenfrohes Kaleidoskop immer neue Figuren sandte. Amedes erinnerte sich an die Rede von Blanton Belt, während er erneut auf Tuscon hinunterschaute, und es wurde ihm bewußt, daß die Musik aus Noten und der Tanz aus Schritten besteht. I don't, denkt Amedes, like Marcia.

Vier Monate später sagte Dr. White: Wir behalten Sie besser hier, nachdem er Amedes im Rechnen geprüft hatte. Try to count down. Amedes mußte subtrahieren, immer weg-sieben, ninety-three – eighty-six – seventy-eight –, sorry, – seventy-nine. Als er fifty-fifty sagte, meinte der Arzt, daß es wohl besser wäre, wenn er ein paar Tage dabliebe und fügte hinzu: I guess you didn't have much schooling. Amedes stotterte Wörter wie Mittelschule und Latein und Humanistisches Gymnasium. Dann führte man ihn in ein Zimmer, yes please, und eine Schwester nahm ihm die Uhr ab und den Ring, aber seinen Namen, meinte sie, könne er ihr ruhig auch morgen sagen: Good night. Amedes sah nur noch das Gitterfenster und ein kleines Lämpchen in der Wand, das die ganze Nacht brannte und den Schatten des Gitters an die Decke holte, so daß Amedes, um es zu sehen, den Kopf gar nicht zu drehen brauchte.

Matura: Ductus Pneumaticus, und alle Fische haben eine Schwimmblase. Richtig, Biologieprofessor Nuggli nickt. Aber über die Flossen weiß ich nichts, sagt Amedes und denkt: Für eine Vier reicht auch die Schwimmblase. Je ne me souviens plus, sagt er zu Französischprofessor Sonder, Himmel, wie heißt der schon wieder dieser, Sartre, non, Camus, non plus. Professor Sonder, der mit Amedes fast verwandt ist, wechselt das Thema, vous avez un point blanc, ce n'est pas grave. Endlich: *Vol de nuit.* Glück doch noch. Amedes referiert über Rivière, der seinen Piloten alles abverlangt, und über die Beziehung von Mensch und Natur und Raum. Sonder läßt Amedes über die Grenzen reden, daß es den Schwimmblasenvierer grad wieder auffüllt. Geschichtsprofessor Fanot verteilt den Langlaufbonus, man muß beim Überholen nur recht freundlich sein, heja, und *Grüezi, Herr Profässer,* worauf der Prättigauer durch das ganze Tal strahlt und ins Schwärmen kommt: *Diä frischi sportlichi Jugänt, momoll;* wie im Unterricht, wenn er die Zahl der Toten der einen Schlacht mit der Zahl der Toten einer anderen Schlacht vergleicht und ob der imponierenden Differenz staunt: *D Spartaner sind denn no Feegeri gsy.* Turnprofessor Melchior ist froh, daß es Tore gibt, aber die stehen nicht im Maturazeugnis, was ihn, der sieben Jahre lang gepredigt hat: wenn ihr nicht rennen könnt, so lernt es von den Pferden, betrübt.

Am Abend überreicht der Vorsteher des oberen Gymnasiums mit dem Lächeln einer reifen Tomate die Zeugnisse und meint zu den Maturanden gewandt, sie hätten nun affigs gelernt, schwarz und weiß zu sehen, aber jetzt sei es gleitig an der Zeit, die Grautöne zu erkennen. Das Schülerorchester spielt noch einmal auf, dann Händeschütteln und Schmeicheleinheiten.

Noch am gleichen Abend fuhren Alison und Amedes nach London, wo sie eng umschlungen auf den Abschied warteten, man kann ja auch schreiben, dann flugs hinübersee und Houston; jetzt können wir nur noch schreiben. Anderntags über Austin und El Paso nach Tucson, wo die Luft an der Haut klebt und Amedes husten mußte, als er aus der Halle trat und um sich blickte und wartete, bis Amerika ihn abholte.

Amedes hatte für Amerika gegen die halbe Welt gekämpft. Er war entschlossen gewesen, alles zu tun, um die erforderlichen 5000 $ selbst zu verdienen. Im Sommer arbeitete er in den großen Amedesser Werken als Hilfskraft. Er mußte Farblösungen in Dosen abfüllen und die Dosen mit Deckel und Etikette versehen. Je nach Substanz der Farben trugen die Etiketten die Aufschriften WGH, HWG, GHW, oder GWH. Der Chef, Herr Candrian, wurde rasend, als Amedes beim Etikettieren sang. Du huara Spinnar, sagte Herr Candrian, der seit achtzehn Jahren im selben Raum Farben mischte und abfüllte, zu Amedes. Das Geld reichte höchstens für den Flug. Der Rest war Elternliebe und Dankbarkeit. Die Hauptsache war der Traum von einer Sache.

Am Grab

Sobald ich da bin, gibt es Streit. Mutter bestimmt die Regeln. Zum Unerlaubt-Verbotenen zählen Gespräche über die Schweizer Armee, insbesondere ihre Abschaffung, oder die nicht gerade freundliche Erwähnung eines in der Region amtierenden Brigadiers; die Kirche, sofern Bischof und Papst malträtiert werden oder die Prozessionssucht der Amedesser verspottet wird. Drittens Sex, weil das kleine Wort Gedanken an unsaubere Organe impliziert und befürchten läßt, daß plötzlich über Pille und Pariser gesprochen wird oder Alternativen zum ehelichen Geschlechtsverkehr auf den Küchentisch fallen, daß einem weißgott der Appetit vergeht.

Falls die Großeltern zum Mittagessen kommen, treten, sobald der Alt-Gemeindepräsident sich gesetzt und seiner Gattin befohlen hat, dasselbe zu tun, automatisch die Regeln des Ausnahmezustandes in Kraft. Mutter atmet auf, nachdem sie einen Finger auf die zugepreßten Lippen gedrückt und die Portionen verteilt hat. Solange Großvater den Gesprächsgang bestimmt, löst sich die Spannung; Mutter nickt ab und zu, Großmutters Gebiß klappert, der Appetit ist groß, das Essen schmeckt. Der militärische Themenkatalog umfaßt jetzt die Zeitspanne vom Franzosenjahr 1799 bis Herbst 1945: die Dorfheldin Onna Maria Bühler, und wie sie sich vor das Franzosengespann geworfen, mit der Linken die Gäule am Zügel gepackt und mit der Rechten gar bedrohlich die Mistgabel geschwenkt und so, Bündens letzte Heldin, entscheidend zum Sieg der Kaiserlichen über die Napoleonischen beigetragen habe. Oder die Geschichte des Zuavenhauptmanns, meines weißichwievielten Urgroßvaters, aber die hast du auch schon gehört, x-mal. Oder andere Beispiele von Amedesser Söldnern in Rom, Neapel, auf der Krim. Und, aus jüngster Vergangenheit, Guisans Besuch auf den Äckern von Amedes, dann Rütlirapport und Poleninternierung. Notfalls können Streitpunkt 1 und Streitpunkt 2 unter der Rubrik Schweizergardisten beim Papst zusammengefaßt werden, was Großvater erlaubt, den Vatikan- und Papstbesuch (inklusive Händeschütteln) der Amedesser Tambouren anläßlich der Vereidigung strammer Schweizergardisten, worunter 1 Amedesser, ausschmückend zu erwähnen. Streitpunkt 3 wird in der Regel von den Traktanden gestrichen, außer Großvater hält es für notwendig, einen seiner Grundsätze, gestützt auf das Anno 1920 anläßlich der Eheschließung revidierte Dreiprinzipienreglement, bekanntzugeben. Das erste Prinzip lautet: Nur wenn die Ehefrau, was ihr Ehemann will, auch will, kommt man bis zur Steinernen Hochzeit. Es geschieht dann, daß Großmutter aus der Selbstvergessenheit aufsteigt, ihre Dementia senilis, dem Prinzip gehorchend, für eine Sekunde ablegt und mit kindlicher Heiterkeit sagt: Ja, du hast recht, *Tat,* ich bin immer deine Haushälterin gewesen. Es ist Großvaters Weitsicht zu verdanken, wenn das erste Prinzip auch auf die Politik im engeren Sinn anwendbar ist. Das zweite Prinzip, das 1937 mit der Wahl zum Gemeindepräsidenten rechtskräftig wurde, lautet daher wie folgt: Eine Gemeinde braucht keinen Gemeinderat; Zusatz: Ich habe alle Entscheide selbst gefällt und Schulhaus und Pumpwerk und Straßen gebaut, ohne einen Rappen Schulden zu machen. Weist man ihn darauf hin, daß die Gemeinde seit der Trennung von Exekutive und Legislative der Demokratie um einen Schritt näher gekommen und heute fast so demokratisch regiert wird wie die übrige Schweiz, meint er: Ja, ja, du hast schon recht, aber im Gemeinderat sitzen lauter Grünschnäbel, die alle einmal bei mir in die Schule gegangen sind; das sind keine Politiker. Gelegentlich kommt auch das dritte Prinzip zur Sprache. Im Unterschied zu den ersten beiden tut es noch heute seine tägliche Wirkung. Bis hinein in Mutters Bankkonto. Es heißt: Sparen.

Die weiteren genehmen Themen sind, solange Großvater redet: die Schwabengängerei mit Schwergewicht auf «barfüßig», «Stoppelfelder» und «Heimweh»; die Amedesser-Werke, worin viel Authentisches, so daß Namen fallen dürfen, Dr. Wald und ich, oder: Blech hat mir auch schon die Hand usw.; die Dorfbrände, insbesondere die drei großen; die Prozessionen, unter Betonung des Straßen- und Altarschmucks an Fronleichnam und Mariä Himmelfahrt und gleichzeitig ausgesprochenem Bedauern: wo bleibt die Jugend; das Vereinswesen, da bin ich, sagt er, auch dabeigewesen

und da auch und dort Ehrenmitglied und hier Vize-
präsident usw.; Namen und Übernamen, wobei letzte-
re nicht durch das Beifügen zusätzlicher Diminutiva
oder das Weglassen unerläßlicher und tragender Sil-
ben noch mehr verhunzt werden dürfen; der Fußball,
das heißt Amedes' bevorstehender Wiederabstieg in
die nächstuntere Liga, oder, soweit Großvater es noch
versteht, das ewige, stumpfsinnige Hinundher im
Fernsehen; die *Cumpagneja da mats* und die Verdienste
und Bemühungen eben dieser Knabenschaften um die
Aufrechterhaltung tradierter Werte, vor allem die Be-
reitstellung von Truppenverbänden für die Parade bei
den wichtigsten Prozessionen. Oder die Fastnacht, mit
besonderem Vermerk des *mardschis bel,* des Schönen
Dienstag, und des an diesem Tag stattfindenden Um-
zugs der Übersiebzigjährigen; dort war ich, sagt er,
auch Präsident. Oder die Weltpolitik, mit Betonung
auf Welt, das heißt: Ost West, Auf Ab, Reagan und, so
Gott will, Breschnew, Andropow, Tschernenko, Gor-
batschow, die Großvater gerne verwechselt, oder er
vertut sich und verhilft Chruschtschow und Stalin zu
neuer Macht, so daß ich, endlich, eingreifen und die
Korrektur vornehmen darf, sofern es dabei bleibt und
nicht, wie Mutter zu recht befürchtet, ausartet, was
Mutter nicht ertrüge. Schon ihretwegen nicht.
Sobald die Großeltern, nachdem Großvater den Befehl
erteilt hat, draußen auf dem Vorplatz stehen und mit
winzigen Schritten die drei Stufen hinunterklettern,
und nachdem Mutter die Glastür, die Großvater nach

demselben Prinzip, welches ihm verbietet, am Telefon zu grüßen, nur anlehnt, endlich geschlossen hat, sagt sie: Jetzt habt ihr's gehört.

Streit gibt es meistens, bevor die Großeltern da oder nachdem sie gegangen sind. Unter Umständen kommen die drei Streitpunkte, die während des Essens auf der kleinen Herdplatte warmgehalten worden sind, wieder zur Sprache. Der Kaffee ist getrunken, der Tisch abgeräumt, zwar noch feucht, aber sauber, und Teller und Tassen und Besteck – außer Horn und Holz – kreisen in der Maschine, daß man das Kreisen und das Wasser hören kann. Die Situation wird schnell ungemütlich. Für beide. Es fällt ein Übername oder ein Diminutiv, den es nicht gibt, hängt sich an ein Wort, das anders gemeint war. Oder die Worte, die erwünscht wären, bleiben unausgesprochen. Oder es ist das Geld. Oder es läuten die Glocken. Magari. Mutter und ich finden immer einen Grund, um uns in die Haare zu geraten. Bis Mutter schließlich verzweifelt deinen Namen ruft und schluchzend aufsteht, die Küche verläßt und in die Stube geht, wo sie dich sieht.

Ich erinnere mich: Wir haben auch früher oft gestritten. Meistens während des Essens. Als wir Kinder noch Würmer genannt wurden, waren die Fronten deutlich abgesteckt, und es stellte sich schnell heraus, wer oben saß und die Portionen austeilte. Wir hatten gegen das ältere Duo, das in kritischen Momenten auch auf ein uns unverständliches Französisch auswei-

chen konnte, keine Chance. Wir hatten einen fürchter-
lichen Respekt vor deinen Augenbrauen. Deine reflex-
artigen Handbewegungen, fingierten Handkanten-
schläge oder, hieltest du ein Messer in der Hand,
vorgetäuschten Messerstiche, machten uns stumm. Es
herrschte eine trügerische Stille, die nur durch die
Nachrichten oder einige französische Brocken, die ihr
einander zuspieltet, unterbrochen wurde. Wir ahnten
nur unklar die Ursache für deine mächtigen Ausbrü-
che. Während Mutters Gesicht die mimische Verzer-
rung zeigte, die einem dürftigen Sieg folgt, konnten wir
an dir nie ein wirkliches Siegesgefühl erkennen. Hätten
wir es damals schon gewußt, wir hätten es dir vermutlich von den Augen ablesen können, daß du an eurer
Strategie, die darin bestand, uns zum Schweigen zu
bringen, zweifeltest. Du schienst über die plötzliche
Stille nicht glücklich zu sein, während sich Mutters
Verhalten auch in späteren Jahren kaum änderte. Sie
war immer von einem Wunsch beseelt: es ja nie zum
Streit kommen zu lassen. Sie hatte eine sonderbare
Vorstellung von diesem Wort und ließ keine Unter-
scheidungen zu. Auch die kleinste Abweichung von
der Linie, auf der sie die Eintracht eingetragen hatte,
fiel unter die Kategorie des Streites, und Streit war wie
Krieg und Teufel. Sie lebte im Himmel, und sie drohte
mit Gott. Solange du in ihre Drohungen einstimmtest
und mitdrohtest und straftest, ging ihre Rechnung auf.
Es wäre leicht gewesen, sie zufriedenzustellen. Wir
hätten nur tun müssen, was sie befahl. Aber so leicht

konnten wir es ihr nicht machen, und deshalb fand der Streit umso mehr Nahrung, je stärker sie Eintracht predigte. Das wollte sie nie begreifen. Ohne es zu merken, hatte sie sich mit den Jahren zur Streitsüchtigen durchgemausert – im Glauben, Friedensstifterin zu sein. Mutter ist bescheiden und wünscht sich nur eins: daß wir so wären, wie sie einst geträumt hat, daß wir würden, als sie ihre Sonnenscheine durch das Dorf kutschierte und besang. Damals hat Mutters Sterben begonnen.

Um ihr Überleben zu sichern, forderte sie später das Streit- und Redeverbot, damit sie ihren Tod wenigstens in Ruhe zelebrieren konnte. Von da an schlugst du dich häufiger auf unsere Seite und predigtest ihr die demokratischen Grundregeln. Dein Glaube an die schweizerische Demokratie war längst zerrüttet. Du versuchtest, ihn wenigstens in der Familie wiederherzustellen. Bald erkanntest du, daß dieser Versuch nur auf Kosten von Mutter gelingen konnte. Du warst gezwungen, den Diplomaten zu spielen. Gleichzeitig begannst du, uns in die Geheimnisse deiner Winkelzüge einzuweihen. Meistens im Auto auf dem Weg von Chur nach Amedes. Um die Mittagszeit. Du warst über die schiefe Lage in der Küche im voraus unterrichtet und versuchtest, bei hundert Stundenkilometern zu retten, was noch zu retten war. Du ließest uns deine Solidarität spüren und wissen, daß es Kutteln geben könnte. Wir versuchten, uns auf stille Kutteln vorzubereiten.

Du bewährtest dich als Equilibrist im Haus und suchtest dir andere Orte, um aus dem Gleichgewicht zu
geraten. Aber die Kräfte, die du für die Balancierkün-
ste verbrauchtest, fehlten dir andernorts. Deine diplo-
matischen Seiltänze waren nicht immer ehrlich. Dafür
hast du dich mit einem einzigen Augenzwinkern tausendfach entschuldigt. Du hast uns streiten gelehrt.
Indem du das Wort Verbot aus deinem Vokabular
strichst, sind wir dem Frieden oft durch einen Zwist
näher gekommen. Du hast uns zum Widerspruch erzo-
gen. Um den Preis unzähliger Muttertränen. Seit du
gestorben bist, fehlt ihrem Staat das diplomatische
Corps. Sie hat dich nur noch als Toten. Du bist ihre
lebendigste Waffe gegen die eine Front, die ihr von
zweien geblieben ist.

Die Grille, die Amedes kannte, war nur einmal gefallen. Sie hatte es nicht überlebt. Das beeindruckt. Daß es so wenig braucht, um zu sterben. Amedes war immer in Raten gefallen. Es muß ein Netz geben, dachte er. Die andern sprachen vom Schutzengel, ongal parchirader, sagten sie, und es klang vorwurfsvoll: Du kannst dankbar sein, daß du einen guten Schutzengel hast. Etwas muß es gewesen sein, das Amedes immer wieder vor dem Schlimmsten bewahrte, bis er überzeugt war: Ich bin unverwüstlich. Es schien als ständiger Begleiter neben ihm zu gehen und ihn wortlos einzuladen: Du darfst dich fallen lassen. Als wären es die ausgebreiteten Arme des Vaters. Daß es so wenig brauchte, um zu überleben.

Frühes Amedes

Von der Weihwasserschale in der Diele bis zur Pfarrkirche ist es fast gleich weit wie von der Eckbank in der
Küche bis zur Schulbank. Zuerst müssen Benedikt
und ich am *Sternen* und dem Polizeiposten vorbei- und
die Hauptstraße oder Via Nova hinaufgehen. Dort
fahren viele Autos nach Chur. Manche grüßen oder
hupen, weil sie Vater kennen. Deshalb kenne ich
Regierungsrat Dr. Wieli und sein Auto, Gemeindepräsident Caschieli, der am Dorfrand viele Blöcke für die
Italiener und Ausländer gebaut hat, damit sie in der
Fabrik arbeiten können, Großrat Trucket und seinen
Mercedes, Großratskandidat Federal und den Enesu,
sowie Herrn Zuli von der Versicherung mit Beemwe,
der immer sehr freundlich grüßt und manchmal sogar
Licht macht. Beim *Steinbock* kommt uns meistens
Großmutter aus der Frühmesse entgegen. Wir sagen
dann: Guten Morgen, Großmutter, *bindschi tatta!*
Manchmal treffen wir auch die Einwohner des Bürger-
heims, vor allem den hinkenden Josef, den wir Sepple
Zopp nennen, der taubstumm ist und ein Leiterwägel-
chen zieht und immer mit hochgerecktem Arm grüßt
wie ein Polizist; den lustigen Heinrich, Heire Lägar,
der eine Tächlikappe trägt und wochenlang dieselbe
Zigarette raucht, weil er sie nie anzündet, oder den
dirigierenden Georg, Schorschle Dirigent, der manchmal mitten auf der Straße steht und mit den Armen
fuchtelt, so daß Regierungsrat Dr. Wieli, Gemeinde-

präsident Caschieli, Großratskandidat Federal oder Herr Zuli von der Versicherung hart bremsen müssen. Nach dem *Calanda* biegen wir bei der Kantonalbank links in die Untere Bahnhofstraße, die wir *Gassa sutò* nennen, weil wir die romanische Sprache pflegen und schützen. *Tschantschà romontsch,* redet romanisch, sagt Vater fast täglich beim Mittagessen zu uns. Und wir sollten darauf achten, ein gutes Romanisch zu reden und die deutschen Wörter zu vermeiden. Um halb eins müssen wir schweigen, weil Vater wissen muß, was in der deutschen Welt passiert ist. Wir können die Stimme im Radio kaum verstehen, weil Vater immer wieder sagt: Hohò.

Rechts steht die Metzgerei Maloja, die mein Kaninchen getötet hat, weil ich das Fell über das Bett hängen wollte. Fritz, der dem Kaninchen mit einem großen Messer den Kopf abgehauen hat, hat mir gesagt, daß das Fell nicht mehr brauchbar sei. Dann habe ich gesehen, wie das nackte Tier an einem Haken hing und zitterte. Das Fell hat Fritz in einen Plastiksack gesteckt. Später hat mir Frau Metzger Maloja einen zweiten Plastiksack mit dem Fleisch gegeben und einen Gruß. Mutter hat am Plastiksack und am rohen Fleisch und am Blut, das daran klebte, keine Freude gehabt und mich sofort in die Metzgerei zurückgeschickt. An einem Sonntag sagten Vater, Mutter und die Brüder – Benedikt, Martin und Stefan –, daß mein *Chingalè* sehr gut schmecke und *bung apetit.* Dann kommen wir beim Schaufenster von Coiffeur

Camenisch vorbei, der mir die Haare für den Weißen Sonntag ganz kurz geschnitten hat. Jetzt sind sie wieder etwas nachgewachsen und stehen auch nicht mehr in die Höhe, wenn ich am Morgen aufwache. Vor Fastnacht hängen bei Coiffeur Camenisch viele Masken aus Plastik, und eine Knallfixpistole kostet fast zehn Franken. Ohne Munition. Etwas weiter vorn sehen wir Herrn Bebel am Fenster. Bei schönem Wetter sitzt er auf einem Klappstuhl am Straßenrand und schaut, wer kommt und geht. Vor dem Mittagessen sagt er, wenn wir an ihm vorbeieilen, mürrisch: *Vés maritau la marenda,* ob wir unser Mittagessen auch verdient hätten. Wir grüßen und antworten: *Bung apetit, Sagnur Bebel.* Doch er sagt nichts mehr. Jetzt sind wir beim Haus von Herrn Pizokel, der aber mit dem Hügel, welcher vor vielen Jahren weggeschaufelt worden ist, damit wir schneller nach Bosco kommen, nicht verwandt ist. Durch das große Tor seines Hauses können wir den Hof sehen und weiter hinten, am Ende der Wiese, unsere Birke und unser Hausdach. Hier überholt uns meistens Polizist Cahenzli mit dem Fahrrad. Dann kommen das Sekundarschulhaus, wo wir, wenn wir groß sind, hingehen werden, und das Gemeindehaus, das Großvater allein gebaut hat, als er Präsident war. Ich habe nebenbei noch das Pumpwerk gebaut und die Primarschule, erzählt er, und daß General Gisang ihm während des Krieges unten auf der Plarenga, wo jetzt die Heliswiss landet, die Hand gegeben hat. Großvater hat außerdem die Amedesser

93

Werke zusammen mit Herrn Dr. Wald gegründet und Benzin aus Holz herstellen lassen, damit es keine Hungersnot gab. Er war auch Lehrer und kommt noch heute manchmal in die Schule, um Lilli und uns zu besuchen. Meistens stellt er uns eine knifflige Rechenaufgabe mit Hühnern und einem Bauern, und dann müssen wir mal-zwei machen und richtig abzählen, damit wir auf elf kommen, genau wie letztes Jahr in Benedikts Klasse. Wer zuerst elf ruft, bekommt von Großvater einen Zucker geschenkt, den er, nachdem er lange im Hosensack herumgesucht hat, der Siegerin oder dem Sieger direkt in den Mund steckt. Weil er auch Bauer gewesen ist, hat er früher viele Kühe gehabt und einen Knecht, und den ersten Rapid im Dorf besessen. Aber er ist vor allem Lehrer gewesen und hat über vierzig Schüler in der Klasse gehabt. Einmal hat mir ein ehemaliger Schüler von ihm, Gemeinderat Tajacac, der Teppiche verkauft und Schulmappen, erzählt, daß Großvater morgens nach dem Gebet immer das Einmaleins durchgenommen habe mit dem Stock, und am Schluß habe er laut gefragt: *Fümpf mal fümpf?* Deshalb nennen ihn heute noch viele den *Fümpfmalfümpf*. Vor dem Gemeindehaus begegnen wir wieder Polizist Cahenzli, der jetzt vom Fahrrad steigt und ins Gemeindehaus geht, sowie Kanzlist Casaulta, vor dem wir Respekt haben, weil er dichte schwarze Augenbrauen hat. Im Winter, wenn der Schnee nicht zu hoch liegt oder bereits hart geworden ist und im Sommer, wenn das Gras noch niedrig oder

94

schon gemäht ist und wir es eilig haben, nehmen Benedikt und ich die Abkürzung. Der erste Teil der Wiese gehört Großvater und uns, der zweite Teil der Wiese, das Haus, der Hof und das Tor, durch das wir in die *Gassa sutò* kommen, wo Polizist Cahenzli meistens grad vorbeifährt, gehören Herrn Pizokel, der klein ist und alt und seit vierzig Jahren im Kirchenchor singt. Wenn er in zehn Jahren immer noch singt, bekommt er von Vater, der Kirchgemeindepräsident ist, eine Medaille, die man BENE MERENTI nennt. Wenn der Vater in zehn Jahren immer noch Kirchgemeindepräsident ist. Herr Pizokel hat zwei Schwestern, die auch alt sind und vor denen wir uns hüten müssen, wenn wir durch den zweiten Teil der Abkürzung gehen. Es kommt vor, daß sie uns vom Gemüsegarten oder vom Fenster aus sehen. Dann rufen sie: *Sapperlot;* und sind sehr aufgeregt. Benedikt und ich rennen über die Wiese und durch das Tor und sind schneller beim Schulhaus als sonst. Wenn wir durch die Abkürzung gehen, können wir Großmutter, die von der Frühmesse heimkommt, nicht begrüßen. Regierungsrat Dr. Wieli und sein Auto sehen wir auch nicht und Gemeindepräsident Caschieli und Großrat Trucket und Großratskandidat Federal und Herrn Zuli von der Versicherung und Sepple Zopp und Heire Lägar und Schorschle Dirigent und Herrn Bebel und die Masken.

Seit dem Weißen Sonntag und der Armbanduhr, die

mir mein Götti, Onkel Basil, geschenkt hat, darf ich wieder häufiger nachsitzen. Lilli behält mich zurück und sagt: Du bleibst heute länger, Amedes. Manchmal komme ich erst 34 Minuten nach fünf heim. Einmal wurde es sogar drei vor sechs. Am schönsten ist das Nachsitzen, wenn Lilli mit den Schülerinnen der dritten und vierten Klasse Flötenstunde hat. Ich setze mich dann wie Schulinspektor Degonda, der ein Freund von Vater ist, in die hinterste Bank und tue, was Lilli mir befiehlt. Mein Betragen mache ihr Sorgen, hat sie gesagt und geseufzt. Im letzten Zeugnis hat sie es erwähnt. Darin steht: *Betragen befriedigend.* Ich habe diese Bemerkung sofort meinem Freund Gregor gezeigt. In seinem Zeugnis stand nur ein *gut.* Wir haben uns auf dem Heimweg beraten und dabei herausgefunden, daß Lilli auch mit mir zufrieden sei. Um halb eins hat Vater die Nachrichten sofort abgestellt und romanisch und laut mit mir geschimpft. Ich hätte mich zu bessern, sonst müsse er mit Lilli unter vier Augen reden. Als Vater das Radio wieder einschaltete, sagte die Stimme, daß der Föhn noch am Abend zusammenbrechen werde. Hohò.

Lilli ist die Schönste. Vor bald zwei Jahren mußten wir uns alle punkt acht in die Turnhalle setzen und warten. Ich trug zum ersten Mal in meinem Leben einen Schulranzen wie die Großen. Schon von weitem konnten wir die Lehrerinnen und Lehrer vorne an der Sprossenwand sehen. Ich sah nur Lilli und betete. Um neun wußte ich, daß es nichts Schöneres gibt als die

Schule. Vater hatte zwar immer gesagt, daß die Schule etwas anderes sei als der Kindergarten und daß man in der Schule nicht mehr spiele, sondern lerne. Ich setzte mich in die erste Bankreihe und sah nur noch ein Gesicht: die braunen Haare, die bis auf die Schultern fielen, die Augen, die Stimme... Nach zwei Wochen geschah es: Amedes, wieviel macht zwei und drei? Ihre Stimme war nett und weich. Ihre Augen blickten mich warm an und lächelten. Ich wurde unruhig. Die ersten zwei Und-Rechnungen hatte ich schon gewußt, als Martin erst ein Jahr alt war. Damals war ich vier. Daß drei und drei sechs geben, hatte ich zwei Jahre später herausgefunden. Damals war Martin drei und Mutter schon mit Stefan schwanger. Doch jetzt hatte Lilli eine Rechenaufgabe an die Wandtafel geschrieben, die ich noch nie in meinem Leben gesehen hatte. Noch nie. Ob es vielleicht elf gab, wie letztes Jahr, als Großvater die Klasse von Benedikt besuchte? Lilli hatte Geduld und sagte: Amedes, wenn drei und drei sechs geben, wieviel geben dann *zwei* und drei? Ich überlegte, während Gregor, Stöffi, Luzi, Ruedi, Reto, Marco, Priska, Rita, Dorina, Martina und Flurina die Arme wie Antennen in die Luft streckten. Lilli, warum hast du das getan, dachte ich und zerbrach mir den Kopf. Doch ich sah nur noch Lillis Augen und die Verzweiflung und die Arme der anderen und hörte, wie sie kicherten; und Lilli, Lilli, Lilli. Ich starrte an die Tafel, dann wieder ins Heft, wo ich alles aufgeschrieben hatte. Die erste Träne floß über meine Wange und fiel aufs Blatt und in ein Häuschen und wurde blau. Lieber Gott, hilf mir. Liebe Lilli, rette mich. Dann rief jemand ganz laut: Fünf. Das war Josef und seine Rache, weil ich ihn nicht zum Geburtstag eingeladen hatte. Warum hat sein älterer Bruder mich nur an diesen Marterpfahl fesseln müssen, damals, auf der Tumma Platta? Warum? Jetzt nur nicht weinen, dachte ich. Ich brauchte mich gar nicht umzuschauen, um zu wissen, daß alle meinetwegen kicherten. Lilli sagte: Das ist richtig, Josef. (Ojemine, in der Schule muß man nicht mehr mutig sein und lustig wie im Kindergarten; auch nicht mehr frech. In der Schule muß man nur noch gescheit sein). Ich senkte den Kopf und sah, wie jetzt bereits ein ganzes Dorf unter Wasser stand. Dann rief jemand von hinten: Sieben. Und Lilli antwortete: Ja, Flurina, drei und vier geben sieben. Später fand Reto sogar noch heraus, daß drei und fünf acht geben. Lilli würde mich bestimmt nicht mehr gern haben, dachte ich. Dann läutete es. Ich schloß die Augen und das Heft, steckte das Heft und die Tränen in den Ranzen, packte den Ranzen und rannte hinaus und durch den Gang und über die Treppe und auf den Schulhausplatz und vorbei an Polizist Cahenzli, Kanzlist Casaulta, dem Gemeindehaus und durch das Tor und die Abkürzung und das Gras. Im Windfang ließ ich den Ranzen fallen und das Heft und die Tränen, zog die Schuhe aus und die gelbe Jacke mit der Aufschrift und fiel in die breiten Arme des Vaters. *Mo pomai, miu car.* Was hast du denn, mein Lieber, sagte er

98

und strich mir mit der Hand langsam über den Hinterkopf, wo die Haare jetzt plötzlich wieder aufrecht standen. Ich weinte an seiner Brust und roch den Rauch und das Nikotin an seiner Hand. Amedes, was ist, fragte er. Ich öffnete die Augen und den Mund und schrie: Ich bin der Dümmste. Was tat der Vater? Er lachte, lachte und sagte: *Jo khaschtenka.*

Heute ist Lilli meine beste Freundin. Vater hat damals gesagt, daß ich ja in die Schule gehe, um zu lernen. Es ist gar nicht gut, wenn man alles schon weiß, bevor man es überhaupt gelernt hat, Amedes. Ich glaube, Lilli hat mich ebenfalls gern und alles vergessen. Vor einiger Zeit hat sie mir beim Zeichnen gesagt, daß ihr mein Himmel gut gefalle. Seither male ich nur noch Himmel.

Etwas dürfen Lilli und ich nie vergessen. Es geschah, als ich längst wußte, daß vier und sieben elf geben und Äpfel und Birnen nicht vermischt werden dürfen, außer für den Schnaps. Der Augenblick war günstig. Lilli war damit beschäftigt, die Hefte zu korrigieren und zu schauen, ob wir auch wirklich gelernt hatten, sauber und schön zu schreiben. Die Rundung des großen O wollte mir zwar noch nicht recht gelingen (aber es ist nicht gut, wenn man alles schon kann, bevor man es gelernt hat). Als ich an der Reihe war und alle anderen, sogar Ruedi, der sonst mit mir schwatzt, damit beschäftigt waren, die Fehler zu verbessern, ging ich langsam nach vorn, hielt Lilli das Heft hin, damit sie die Schrift und die Rundungen prüfen konnte und

flüsterte ihr und nur ihr, als sie sich leicht vornüber-
beugte, um die Buchstaben besser lesen zu können,
weil ich ganz klein schreibe, ins Ohr: Lilli, ich liebe
dich. Dann packte ich mein Heft, obwohl sie es noch in
der Hand gehalten hatte, und rannte an meinen Platz.
Niemand außer Lilli hatte etwas gemerkt. Später, die
Stunde war bald zu Ende, konnte ich sehen, wie Lilli
immer noch rot war im Gesicht. Seither träume ich oft
von ihr. Ich weiß natürlich, daß sie für mich viel zu alt
ist, auch wenn sie noch nicht verheiratet ist. Am
nächsten Morgen war Lilli sehr nett zu mir. Sie sagte
sogar, ich solle Vater und Mutter grüßen. Ich habe nie
erwartet, daß sie mir eine Liebeserklärung zuflüstern
würde. Eine Lehrerin tut das nicht. Aber heute ist sie
meine beste Freundin, und weil wir uns seit jenem Tag
auch noch lieben, kann ich mir mehr erlauben als
andere. Nur manchmal, wenn ich laut bin oder zu
lange Reden halte, sagt sie mir, ich solle doch endlich
still sein, sonst könne sie sich nicht konzentrieren.
Wenn sie mitten in der Stunde hinausgeht, um im
Gang mit Fräulein Brigit eine Zigarette zu rauchen,
übernehme ich die Klasse und schaue zum Rechten.
Ich weiß jetzt bereits genausoviel, wie alle anderen.
Weil ich aber aus Liebe zur Schule gehe, weiß ich
immer ein bißchen mehr. Ich darf auch öfter als alle
anderen nachsitzen. Es gibt für mich nichts Schöneres,
als von vier bis sechs noch bei Lilli zu bleiben. Dann
haben wir endlich Zeit füreinander. Ich darf sie ganz
für mich allein haben; ihre Haut, ihre Haare, ihre

Augen. Wenn sie Flötenstunde hat und wir weniger Zeit haben füreinander, sitze ich in der letzten Bank und male einen großen Himmel für uns. Während Gregor, Luzi, Stöffi, Ruedi, Reto und Marco sich auf die Freiheit freuen und die Hügel, kann ich kaum warten, bis Lilli mir vor dem Hinausgehen zuflüstert: Amedes, du bleibst heute länger. Ich behalte die Freude für mich, öffne den Ranzen, nehme ein Blatt mit Häuschen heraus und den Farbstift, schließe die Augen und warte, bis die großen Mädchen mit den Flöten kommen. So weit reicht unsere Liebe.

Wir hätten dich noch ein Jahr lang spielen lassen sollen, sagte der Vater später zu Amedes. Mindestens noch ein Jahr. Du warst ein schulischer Spätzünder. Und daß Amedes die ersten neun Monate seines Lebens verschlafen habe und keinen Mucks und sie ihn für taub, stumm und blind gehalten und gedacht hätten: Jessas, mareja da Deu! Und wie sie dann mit ihm aufs Maiensäß gegangen und er plötzlich aufgewacht wäre, daß die Mutter in die Hände geklatscht und gerufen hätte: Gottlob, die Sonne ist aufgegangen.

Andreas

...Il semble bien que Gaston Malpard, le
chauffeur du camion, qui effectuait depuis
la veille des transports de pierres entre la
carrière Robin et le bourg de Plounez,
assourdi par le moteur de son véhicule, ne
pouvait entendre la sonnerie et on suppose
qu'ébloui par le soleil, il n'a pas vu le
signal lumineux...

Die Schwester kam wieder und blieb. Ob er Schmerzen habe. Amedes drehte den Kopf etwas zur Seite,
sah das Gesicht der Frau und den Kummer. Ja. Vom
Fenster blies kühlere Luft ins Zimmer. Die Vorhänge
wölbten sich. Die Beine, sagte Amedes. Oui, je sais. Das
Herz. Die Schwester schwieg. Ich habe meinen Freund
verloren. Je sais. Er habe nicht lange leiden müssen.
Sie erzählte, daß die Frau, die neben Amedes gesessen
war, ebenfalls gestorben sei. Auch der Chauffeur des
Lastwagens. Vielleicht sei es ein Glück für ihn. Ja,
vielleicht, antwortete Amedes. Die Schwester berührte
sein Handgelenk. Der Puls sei hoch. Haben Sie meinen
Vater angerufen? Ihre Lippen zählten immer noch.
Dann sagte sie: Oui. Daß er am Nachmittag ankom-
men werde. Wo ist Andreas? Sie antwortete nicht.
Amedes wiederholte: Où est mon ami? Sie flüsterte:
Im Himmel. Und sein Körper? Daß Andreas schon im
Sarg läge, erklärte sie. Der Leichenwagen sei unter-
wegs. Er brauche jetzt viel Ruhe, beaucoup de calme.
Daß der Vater bald komme. Dann stand sie auf und

flüsterte: Sie haben Glück gehabt... Stimmengewirr und Schritte. Amedes schloß die Augen.

Wieder zitterten Farben. Paris: Du mußt es versuchen, Andreas, nur Mut. Und Andreas – wären die Worte doch Zahlen – geht seufzend zum Polizisten und fragt: Pour la Tour Eiffel, s'il vous plaît, Monsieur? Siehst du, es geht. Das Eis endlich gebrochen. Sie sitzen auf den Stufen des Sacré Coeur. Ringsum die Stadt. Andreas rechnet und kommt auf fünf Millionen. Unglaublich. Unsere Lieben, Paris ist riesengroß, wir staunen und bekommen nie genug, es geht uns gut, Grüße und Küße, Andreas, Amedes. Bois de Boulogne: der Zeltplatz. Junge Leute aus Florenz und Rom. Norwegerinnen. Und Serena. Io sono romana. Come parli bene l'italiano, Amedeo. Und Andreas etwas abseits; er zählt das Geld nach, oder er liest, braungebrannt, mit Sonnenbrille, auf dem Kopf einen stinkenden Lederhut. Serena: älter, reifer, größer als sie. Sie gefällt mir, Andreas. Andreas blickt auf, sagt: Wir haben noch dreitausend Francs; oder er liest, nach kurzem Blick, der bestätigt, weiter. Vor dem Einschlafen die Pläne für den nächsten Tag: Wohin geht ihr, Amedeo? Ihre blonden Strähnen, die vollen Lippen, wie sie sich kämmt. Jetzt schläft Andreas. Amedes und Serena vor dem Zelt: Wir haben uns gestern getrennt, il mio ragazzo ed io. Serena einen Kopf größer als Amedes. Ihre Arme, die langen Beine. Siete in gamba, Andrea, Amedeo, che nomi. Sie hält die Florentiner

104

fern: Non toccarmi, eh. Sagt: Sono stronzi, sai. Ihre
Augen. Vogliono soltanto scoppare. Was heißt scoppare? Die Lippen noch voller jetzt. Sie berührt sich. Ihre
Brüste unter der Bluse. Liebe machen, Amedeo. Serena, i tuoi occhi sono come fuochi. Sei un poeta, Amedeo. Ihr Lachen. Wie sie raucht. Ihre Zähne. Danke,
ich rauche nicht. Wieder ihr Lachen. Davvero? Ja, ich
bin Sportler. Reden bis tief in die Nacht. Vor dem
Zelt. Die Florentiner jetzt bei den Norwegerinnen;
Schreie. Morgen fahren wir weiter, Serena. Dove an-
date? Richtung Brest, ans Meer. Posso? Jetzt ihr ganzes Gesicht. Ich muß Andreas fragen, gute Nacht,
Serena. Am andern Tag zu dritt – im Zug, im Bus.
Amedes übersetzt das Wichtigste. Entschuldige,
Andreas.

Warum? Die Schwester wollte nicht antworten. Er
brauche jetzt Ruhe, keine Aufregung. Warum? Sagen
Sie mir, warum. Sie setzte sich und sagte leise: C'est à
cause du soleil. Wegen der Sonne, fragte Amedes
erstaunt. Es sei später Nachmittag gewesen, erklärte
sie, die Sonne habe bereits sehr tief gestanden und den
Chauffeur geblendet. Er habe das Lichtsignal nicht
gesehen: On n'est pas absolument sûr, mais on suppose. Und die Barriere? Es sei ein unbewachter Bahnübergang. Mais il y avait la sonnerie, sagte sie. Der
Chauffeur müsse sie überhört haben. Das Motorenge-
räusch des Lastwagens. C'est très triste. Es war also
nicht sein Fehler, sagte Amedes. On ne sait pas. Les

journaux, vous savez. Darf ich die Zeitungen sehen, bat Amedes. Aber die Schwester winkte ab. Amedes brauche Ruhe; er sei schwer verletzt. Die Beine, fragte Amedes. Werde ich meine Beine verlieren? Non. Non. Das linke Bein sei fast abgerissen worden. Und der rechte Fuß. Aber man habe beide retten können. Amedes fragte ängstlich: Und mein Gesicht? Die Schwester erhob sich und holte einen Spiegel. Regardez, ce n'est pas grave. Amedes erschrak. Das Gesicht war ganz zerschnitten. Auf den Wangen, am Kinn und auf der Stirn klebte geronnenes Blut. Ne touchez pas, sagte die Schwester, als Amedes mit einem Finger die Wunden berühren wollte. Man hatte genäht. Lange Fäden ragten vor. Wie Fliegenbeine, sagte Amedes. Er atmete auf: Augen und Mund waren heil geblieben. Die Schwester erzählte, wie die Feuerwehr ihn mit Schweiß- und Schneidebrennern aus dem Wagen befreien und vom Schotter hatte freischaufeln müssen. Vous étiez complètement recouvert. Man habe nur einen Haarschopf gesehen. Sie hieß ihn ausruhen, erhob sich, ging zur Tür. Am Bettende drehte sie sich um und sagte: On a téléphoné. Sein Vater sei mit Andreas' Eltern in Rennes angekommen. Ils vont bientôt arriver. Entschuldigung, rief Amedes, sagen Sie, welche Farbe hatte der Lastwagen? Die Schwester überlegte. Un moment. Die Wagen der Roll-Lister hätten alle die gleiche Farbe. Je dois réfléchir. Dann: Rot, ja rot seien sie. Sie verließ den Raum. Amedes Blick verschwamm. Die Gesichtshaut zitterte. Die Lippen bebten; Andreas, verzeih mir.

Wie sie lachen: Serena, Andreas, er. Die Rückkehr
zum Mont St. Michel. Hinter ihnen die vorrückende
Flut. Guardate l'alta marea. Serena zeigt. Ihre Strähnen vom Wind zerzaust. Sie schauen. Ihre Beine. Der
lange Schritt. Die Haut. Amedes neben ihr. Andreas
etwas abseits. Der blonde Haarflaum an den Schenkeln. Andreas pfeift. Die nackte Schulter. Der Träger
ihres Leibchens. Die Brüste. Der Sand gibt nach. Che
cielo. Man sinkt. Andreas abseits. Eine Berührung.
Wieder ihre Haut. Naßwarm. Ein Gespräch. Die Frage: Serena, würdest du mit mir schlafen? Ihr Lachen:
Ma dai, Amedeo! Andreas: *Jetz ghosch z wyt, Amedes.*
Amedes: Ich scherze, Serena. Nur theoretisch, Andreas. Abends: der Mont St. Michel wieder ganz Insel.
Im Kloster: Serena, Amedes, Andreas. Plötzlich: Do-
v'è Andrea? Die Suche nach Andreas im Labyrinth des
Klostergemäuers. Rufe, Echos: Andreas! Säulen, Serena, Amedes. Er kommt schon zurück. Am Hügelfuß,
auf warmen Steinplatten. Heimliche Freude. Hoffentlich kommt er lange nicht. Mit Serena allein, mit ihr.
Ti voglio bene. Berührung. In Gedanken Umarmung.
Dammi un bacio.

In der Herberge wartet Andreas. Wo warst du? Erklä-
rungen. Wo wart ihr? Entschuldigungen. Es war nicht
Absicht, Andreas. Andreas gekränkt. Die Florentiner
sind inzwischen auch da; non toccarmi. Amedes denkt:
jetzt. Amedes denkt: heute nacht. In den Augen der

Florentiner eine Gier. Ich bin verliebt. Andreas schläft. Serena neben Amedes. Dazwischen ein Spalt. Serena neben mir. Der Spalt ist nicht groß. Stille. Amedes streckt die Hand aus. Fahles Licht jetzt. Serenas Haar wie an der Sonne. Konturen. Licht und Halbdunkel. Die Schulter. Ihre Haut. Der Arm. Die Hand. Ihre Finger. Seine Finger. No, Amedeo, non voglio. Scusa, probieren geht über stu... Non volevo. Die Hand wieder diesseits des Spalts. Buona notte. Nacht. Frühstück: Serena bei den Florentinern. Scherze. Amedes und Andreas. Entschuldige, wegen gestern. Die Abreise, der Abschied auf dem Bahnhof von St. Brieuc. Ciao, Serena. Scrivete. Ja, wir schreiben dir. Im Zug: Andreas und Amedes. Andreas am Fenster. Wieder Friede. Ein Gespräch. Lachen. Der Blick auf die Schienen; Bäume, Sträucher, ein Dorf. Etwas Rotes plötzlich. Stille. Dunkel.

Vielleicht war es seine letzte Fahrt gewesen. Die letzte des Tages. Was er gedacht haben mag: Noch diese Fahrt, dann endlich nach Haus. Ein langer Tag. Ein heißer Tag. Motorenlärm und Benzingestank. Halbgeschlossene Augen. Die Strecke so bekannt wie die Hosentasche, wie der Schaltknüppel. Der Blick auf die brennende Kugel. Zu beiden Seiten der Straße Gegenstände, die in der Sonne spielten: eine Verkehrstafel, eine Parkuhr, aufblitzender Stahl, ein reflektierendes Fenster, Glas. Vielleicht war er aus dem Schatten gekommen, aus dem Wald, einer Baumgruppe, einer

Allee. Das Licht: sporadisch aufspringend, durch das Geäst einfallend. Das Ende der Allee wie ein Schlag ins Gesicht. Plötzlich geblendet. Rasch die Sonnenblende. Für Sekunden fast blind, bis sich das Auge an das grelle Licht gewöhnt hat und an vertrauten Gegenständen neue Sicherheit gewinnt. Voilà le bistro! Noch eine halbe Stunde bis Feierabend. Zwischengas, schalten, die Steigung. Die Sonne voll im Gesicht. Wie Flutlicht. Eine Unebenheit, Schienen, aufblitzend wie Goldbarren, die Sonne, etwas Rotes, eine Welle, ein Stück Himmel.

Die untergehende Sonne schien jetzt durch das Fenster. Der Vorhang brannte. Der Wind hatte nachgelassen. Die Schmerzen wurden stärker. In den Beinen ein Kribbeln. Die Nähte im Gesicht und an den Händen spannten die Haut. Immer wieder zuckten die Glieder. Amedes' Gedanken sprangen hin und her: bald war es die Flut, bald ein Gesicht, eine Stimme: *Ecca va, Amedes.* (Mutter sitzt jetzt bestimmt in der Stube, mit dem Taschentuch in der Hand, und die Großeltern, Tanten und Onkel spenden Trost. Niemand kann es glauben: *Jessas, mareja da Deu, nos povar buab,* der arme Bub. Vielleicht denkt Mutter: Ich habe es geahnt.)
Dann kam der Vater.

Admission note

Mental status: a very preoccupied person.
Thought blocking and general perplexity.
He described his mood as «not happy»;
when asked questions he often would not
reply, squirming restlessly, looking at the
examiner. Orientation is normal, his few
replies suggest a normal intelligence.
When asked about his plans he answered:
«I don't know.» He agreed to stay in
hospital.

Nach fünf Wochen hatten sie Lieder und Tänze und
Anstand gelernt. Vierundzwanzig Stunden am Tag
ohne Unterbruch, how to behave, und die Freitage
seien dazu da, um Dankesbriefe zu schreiben an die
Gastfamilien überall. Muster wurden gezeigt, wie man
es machen müsse, nicht viel, aber: Danke für das gute
Essen und die Freundlichkeit, und irgendwann werden
wir uns wiedersehen, God bless you oder love, Amedes, das sei genug. Und bloß keinen schlechten Eindruck machen, damit die Gruppe nicht Schaden nehme in den Augen der Öffentlichkeit. Twentyfour hours
a day. Und bitte nicht rauchen oder Alkohol in Anwe-
senheit und sich ja nicht einlassen mit girls oder boys
je nach dem, auch in der Gruppe sähen sie es gar nicht
gern, wenn es zu enge Freundschaften und Mitglieder,
die sich rar machten statt für alle da zu sein. Und das
Wichtigste: die Show und vor allem professionell, und

die Schritte immer leise mitzählen, damit alle gleichzeitig und im Takt, denn im Kostüm sehe das prächtig aus, und stets lachen: Cheese, Amy. Denn da säße der Gouverneur mit Frau oder der Sponsor mit Geld, doch vor allem gehe es um die Völkerverbindung und den Frieden, und Jim, den Indianer, hätten sie nach Hause geschickt, weil er halt Haschisch, aber sonst hätten auch Indianer Platz in der Gruppe. Wenn ihr euch unterordnet und flexibel seid und immer freundlich, auch die Gastfamilien am Telefon immer sofort fragt nach der Präferenz, ob lieber schwarz oder weiß oder ob es nichts ausmache, wenn eben schwarz, denn das seien auch Menschen wie du und ich, ich weiß nicht, ob ich das schaffe und immer bis spät in die Nacht und so tun, als wäre alles in Butter gekocht und die Liebe auf der Hand wie beim Abschied in Tucson und Bruce und Marcia und Francy und der Hund vor allem, auf ihn mußt du Rücksicht nehmen, she is very shy; Amedes hatte die Holzlatte in der Garage doch nicht gesehen, und den Hund auch nicht, war gestolpert, so daß die Latte halt umgefallen war, nicht absichtlich, es tut mir wirklich leid, was in der Aufregung in der Garage unterging, und auch im Auto hätschelten alle Edisons den Hund und tätschelten ihm das Fell, auf daß alles wieder gut werde und er den Schreck vergesse. Amy solle das nächste Mal aufpassen, she is very sensitive, und Amedes wagte den ganzen Nachmittag lang kein Wort mehr vorzubringen, nur Vorwürfe sich selbst gegenüber, I'm sorry, doch der Tag war getrübt, und erst am andern Morgen durfte er wieder der Sohn der Familie sein und den Kindern ein Bruder. Do you want some more pancake, Amy, auch wenn er viel lieber ein Butterbrot mit Honig von den Bienen des Großvaters, und lieber kein TV schon am Morgen und den ganzen Tag bis zum Abschied nach fünf Wochen: It was very nice to have you with us. Und nur noch den einzigen Wunsch, nicht mehr lügen zu müssen, I enjoyed it very much, und endlich mit der Gruppe dem Norden entgegen zu fahren. Vielleicht ergäbe sich eine Freundschaft, mit Allen oder Sally, so daß es fast wie in der Schule würde und vertraut. Wenn wir nur mehr Zeit hätten und nicht immer im Bus, wo alle Patchwork machen oder Tagebuch schreiben stundenlang, und zufrieden sind mit wenig und sich selbst. It was very nice talking to you, Amy, oder: We'll have a chat together some time. Und dabei kamen sie aus Mexiko und Polen. Doch Reiche gäbe es auch in Guadalajara, und schon Francy hatte gesagt, wie schön Mexiko sei, überhaupt der Süden und vor allem Honduras, wo sie ein Haus, das heißt my ex-husband, und Amedes hätte Danutta gerne näher kennengelernt, doch bis man wieder an die Reihe kommt, dauert es eine Zeit, und es macht sich nicht gut, wenn man immer nebeneinander sitzt im Bus, jetzt schon zweimal nacheinander, daß es in Polen schlimm sei und alle Angst hätten, daß sie es vorzögen zu schweigen, am liebsten würde sie für immer in Amerika bleiben, the freedom especially und die Lebensfreude, so daß man im Bus sofort davon angesteckt werde und Amedes ihr Gelächter nicht mehr ertragen konnte, so laut lachten sie über Witze, die er nicht verstand, bis zu dem Augenblick, als sie sagten: We don't understand the Swiss humour, und gar nicht lachten über einen Witz, über den Benedikt und Martin und Stefan, ja sogar Mutter gelacht hatten. Und alles immer auf englisch, so daß die Mißverständnisse sich täglich häuften, ohne daß man es merkte, und was er eigentlich schon seit Tagen sagen wollte, daß sie nie Zeit hatten: Noch schnell ein Ständchen im Spital oder bei den Geistesschwachen und den Blinden, they only can hear, so daß sie dort also gar nicht tanzen müßten oder nur so tun, und im Gefängnis sollten sie sich ganz besonders Mühe geben, and don't talk to the prisoners, auch Mörder darunter und Indianer, die sonst so friedlich seien, und ihnen doch alles gezeigt hätten im Reservat, I've never seen anything like that. Und Amedes fragte sich, was habe ich hier eigentlich zu suchen. Doch das Geld war inzwischen von den Eltern einbezahlt worden, die ganze Summe, und alle würden ihn fragen, warum bist du schon wieder zurück, du hast doch immer so geschwärmt von dieser Gruppe, und schon im voraus die Lieder gesungen, daß es einem manchmal auf die Nerven, und jetzt sitzt du hier auf dem Postplatz in Chur oder im Calandagärtli. Der Stolz ließ es nicht zu, Amedes wollte sich Mühe geben. Vielleicht würde es in Denver besser oder in Chicago oder im Herbst in Kanada, wenn es nicht mehr so heiß war wie im Süden, wo die Sonne den ganzen Tag auf den Bus niederbrannte und ihm am Abend so oft übel war, daß er sich nur noch in Toiletten aufhielt und die Mahlzeiten immer wieder erbrach. Ganz schwach wurde er dabei und zitterte am ganzen Körper. Die Eltern hatten also wieder einmal recht gehabt, wir haben es dir ja vorausgesagt, aber das wollte er auf keinen Fall zugeben; schon vor der Frankreichreise hatte Mutter recht gehabt, das konnte doch nicht immer so sein; ich bin schließlich auch wer, weiß selber, was ich will, und das mache ich jetzt. Seit Tucson hatte er aufgehört zu rauchen; Francy hatte solange gepredigt, Zigaretten seien Gift, bis er nicht mehr allein auf der Veranda sitzen mochte und sich vornahm: Jetzt will ich mich ändern. Er rasierte sich den Bart ab, und Francy umarmte ihn vor Freude deswegen, I love you, son, und in der Kirche liebten ihn alle andern Bartlosen, selbst Unbekannte gaben ihm zum Abschied in Tucson einen Kuß. Jetzt kennen wir uns. So nett waren sie alle gewesen, und es lag nur an ihm, don't look so sad, er konnte sein wie sie, so schön und braungebrannt, die Zähne immer weiß und geputzt, daß sich alle um ihn drängten und neben ihm sitzen wollten, so wie jetzt alle neben Tony oder $-Brandy sitzen wollten; auch er konnte ein Solo singen oder tanzen, daß die Zuschauer ihn sahen und nach der Show zu ihm rannten, tausend Fragen hatten, um ein Wort oder ein Autogramm bettelten, daß es eine Freude war. Jetzt konnte man Amedes kaum sehen auf der Bühne, so klein war er und verdeckt, daß die Schritte schnell gezählt waren und die Worte steckenblieben im Hals.

Dörfer und Städte glichen sich immer mehr, heute da und morgen schon dort, daß aus dem Süden ein Norden wurde im Nu, und alle von der Grenze sprachen, während sie fast Abend für Abend *I see the world without any borders* sangen und *Here I am a quarter million miles away* und sich die Leute vor Freude und Begeisterung erhoben und klatschten. *The Moonrider* is such a nice song. Überall ein Empfang for the special guests und immer wieder Staunen bei Tisch, daß sie nonprofit wären und absolut unabhängig von Religion und Politik und neuen Mut brächten den Mutlosen. Schade, dass sie schon wieder weiterreisten, doch: We'll keep in touch, auch aus der Ferne, bis die Gastfamilien sich wie Meilen häuften und Amedes die Namen verwechselte und die Orte, und immer neue Familien bis tief in den Herbst, auch jenseits der Grenze, und hoffnungsvolle Augen voller Glanz, und neue Jugendliche, die sich bewarben fürs nächste Jahr, in Winnepeg, Saskatoon, Regina, und jedes Dorf das schönste der ganzen Provinz: Neepawa Yorkton Brandon, oder hießen die Familien so? Jener Garagenbesitzer, aber ich weiß nicht mehr wo, der Amedes gratulierte, weil er so gut geschossen habe das erste Mal, for sure, und die Pennsylvania Rifle gehalten habe wie ein Profi und dreimal ins Schwarze getroffen, sogar stehend, so daß die ganze Familie mit offenem Mund,

incredible, und dazu mit Vorderlader, dastand vor
dem eigenen Blockhaus im Fichtenwald, daheim wären es Föhren gewesen, we have almost the same trees,
und überhaupt glich Kanadas Norden dem Engadin,
so daß Amedes sich mit allen Seen und dem Blau
zwischen den Tannen wie zu Hause hätte fühlen können, just feel at home, doch dafür war die Zeit zu
knapp, jeden Morgen um sechs oder noch früher wieder packen und Geschenke unterbringen, während die
Plastiktaschen sich häuften und keine Hand mehr frei
war und die Erinnerungen durcheinander gerieten in
rasender Fahrt, bis Amedes außer Atem war und keine
Ruhe mehr finden konnte, auch nicht im Schlaf, I'm so
sleepy, und die Gespräche ausblieben, und die
Freundschaften immer nur an der Oberfläche wie tote
Fische, und für jede Stimmung einen Spruch parat wie
eine Ohrfeige: Go bananas. My name ist Eimedes, and
I'm from Switzerland, nein, Schweden sei woanders, ja
auch blond but swedish und nördlicher und Mister
Tell me about your country, doch, doch bei ihnen gäbe
es auch Autos, nicht so große, wie vieles etwas kleiner
geraten, sogar der Mut, auch mit Armee, daß sie
staunten, *immar mee,* und wie gut es wäre, daß in der
Schweiz everybody has to go to the army, Amy, das
käme halt von der ganzen History und den siebenhun-
dert Jahren, daß Amerika jung wäre im Vergleich,
trotz der Schlachten, und alles immer wiederholen,
und daß der Vater seit zehn Jahren secretary, aber not
of State, und immer eine vierfingrige Hand, something

117

in wromäntsch, und Besuche bei den Yacee-Brothers und den Kiwanas, und überall den Film vorführen, damit sie ja auch alle kämen, sogar the Veterans of Foreign Wars, damit aus allen eine große Familie würde mit brothers and sisters under the sun, and we'll have fun, auch wenn unterdessen schon der zweite Papst gestorben war und Amedes immer wieder an die Großmutter denken mußte, die nun schon zum zweitenmal die Fotografie im Silberrahmen hatte auswechseln müssen, während in der Sonntagsmesse die Fürbitten vor Bischof Johannes und allen Priestern und Diakonen unserem wie es heißt Papst Johannes Paul dem Zweiten galten, auch wenn viele ihn noch verwechselten mit dem Ersten oder Paul oder Pius, it will take some time, bis sich alles wieder eingespielt und die girls ganze Bettüberwürfe und Decken aus Patchwork fertiggestellt hatten und dicke Alben mit Fotos von Gastfamilien, von Brüdern und Schwestern, und die Beute in den Plastiktüten immer umfangreicher, auch Haifischzähne und Kruzifixe, nachdem alle so lieb gewesen waren, you know my father from Phoenix or my mother from Wisconsin, und die boys schon Pläne machten, wie sie alle besuchen würden schon in einem Jahr maybe, such lovely people. Doch jetzt hieß es aussteigen und ausladen und die Bühne aufbauen zum hundertsten Mal und alles verkabeln und die Boxen und die Mikrophone, dann das Wangenrouge, damit sie nicht merkten, wie bleich Amedes geworden war, und dann der Household Finance Cor-

118

poration ein Ständchen, den Hutteriten, den Menno-
niten, und so viele Eindrücke bis tief in die Nacht, und
die Bühne wieder abbrechen und alles verstauen, sieben Tonnen in Lastwagen, und die Kabel, die Schein-
werfer, bis es dunkel war und kein Wangenrouge
mehr, vielleicht noch ein Brief: Meine Lieben, oder
zwei: Dearest Alison, oder Post: Lieber Amedes, wir
hoffen und daß Vater trotz des Widerstandes einiger
Protestanten und Politiker gewählt worden sei – he is
not a secretary anymore, he is a director, was plötzlich
viel mehr Eindruck machte -, television und *curascha,
buab,* Mut, mein Junge, zuunterst auf der Seite und die
Schrift des Vaters so vertraut, alles so nah, kurz vor
dem Einschlafen, daß Amedes wieder eine Nacht lang
wach dalag und die Vergangenheit ihn einholte und
die Erinnerung daran, was er alles falsch gemacht
hatte schon in jungen Jahren. Nie hätte er Tante Erika
sagen dürfen, aus ihm würde einmal etwas anderes
werden als aus ihrem Sohn, der schon vor Jahren
Marihuana, doch gepafft hatte Amedes auch schon,
sogar in Tucson mit Marcia, it's the first time that I
smoke Marihuana, daß es ihm den Kopf verdreht und
alle Narben wieder aufgerissen hatte, noch Tage später empfand er Schuldgefühle. Er fühlte sich krank wie
damals mit Jugendmigräne im Zug von Chur nach
Amedes, als er die Lateinvokabeln nicht mehr sehen
konnte, alle Deponentia und Supina und das Passiv,
als er erbrechen mußte, wie schon in der Primarschule,
als Lilli ihn um drei heimschicken mußte, vorbei am

Gemeindehaus und den Masken, als er am ganzen Körper fror und die Galle hochkam noch vor der Haustür, dabei war er immer ein so sonniges Kind gewesen, auch später immer spaßig, und im Gymnasium ein Großmaul, frech und vorwitzig fast wie bei Lilli, so daß Professor Sonder ihm noch im Maturajahr Arrest gab und er zur Strafe Lehrbücher in Sichtfolien einfassen musste, so oft hatte er geschwänzt, wenn du so weitermachst, blüht dir das CONSILIUM ABEUNDI; doch man übte Nachsicht, schon wegen Paimpol, nur nicht zu hart anfassen, auch im Latein noch eine Vier, so daß sie es vorzogen, im Bett zu bleiben bis neun und wieder Lust und sich küßten und noch einmal wollten, schließlich war es nicht gefährlich und der Tag günstig und Alisons Brustwarzen ganz steif und Amedes auch; das ganze Jahr eine langgezogene Premiere: You are my first woman, im Auto, im Lift, unter freiem Himmel, immer wieder, so daß beide nicht an den Abschied dachten den ganzen Frühling lang. Schließlich können wir einander auch schreiben, ich denke oft an dich, wie sehne ich mich nach deiner Stimme, einem Gespräch, wenn ich an deinen Körper denke, in Treue; seitenlange Briefe zu Anfang, bis sie nach Norden fuhren, es Herbst wurde und kälter, und alles verflog und weit weg rückte. Während der Party in Chicago endlich wieder ein bißchen Wärme spüren, Sally, I like you, sein Körper, der sich an ihren schmiegte, seit langem wieder ganz erregt, Wange an Wange Sally und Sammy schon Worte und Spiele, bis

Sally sagte: Let's just be friends und wieder im hinteren Teil des Busses saß, so daß Amedes es nicht mehr aushielt trotz eines kurzfristig anberaumten Interviews im Fernsehen – ein paar Worte zum Wohle der Gruppe, I'm from Switzerland, und lächeln, it's great for sure, challenging –, und spät abends noch einmal ausging (I want to smell the town, so daß sich die ganze Familie in Prince Albert wunderte, he is mad, und die Gruppe wieder Nahrung hatte für ein Wortspiel im Bus, his name is A-mad-es), die Schachtel hastig aus dem Automaten zog und eine Zigarette nach der andern rauchte, das ganze Päckchen, bis ihm ganz schwindlig wurde, und er mitten auf der Straße liegen blieb und am eigenen Unverdauten roch. Jetzt reicht's. Am andern Tag bat er, doch bald in die Schweiz zurückfahren zu dürfen, I don't get along with people, ich gehe doch unter, das sei kein Grund, werde sich noch ändern, nur eine Frage der Turnschuhgröße, jetzt sei es ohnehin zu spät, und die Show müsse weitergehen, accept yourself, Amy, and let's talk about it tomorrow, eine Nacht darüber zu schlafen wird dir guttun. Yes, I will try, Tony. Amedes habe doch bestimmt noch Dankesbriefe zu schreiben, es sei gar nicht gut, wenn man zu lange warte, nur ein paar Worte, nicht mehr. Von da an schwieg Amedes, und alle machten sich Sorgen um ihn und um ihr Lachen und schickten Sally: You know I love you, everybody loves you. Doch das half auch nichts mehr, it's over, auch die Show, er stolperte und vergaß die Reihenfolge, schwankte nach links, während alle anderen Kostüme blau-weiß nach rechts wippten, er stand nur noch im Weg, auch im Bus, wo sich schon ganze Patchwork-Teppiche ausbreiteten, I feel sick, und stank aus dem Mund wie Geschwüre, I want to see a doctor, und fand den Weg zur Turnhalle nicht mehr, irrte Straßen auf und ab und am Fluß entlang, wie betäubt, I don't find the auditorium, und kein Mittel und kein Lied half mehr. Jetzt ging alles schnell, wo bin ich, und sie führten ihn dahin und dorthin, durch die Städte North Battleforth und Moose Jaw. Ich kann nicht mehr, und das Taxi fuhr endgültig ins Spital und zu Dr. White. Try to count down, nicht so schnell, fifty-fifty, und Dr. White meinte, daß es besser wäre, wenn Amedes ein paar Tage dabliebe. Sie führten ihn ins Zimmer und zu Bett, damit die Pillen auch rechtzeitig wirkten, und das Gitterfenster stand wie geflochten vor dem schwarzen Himmel, und die Heizung schlug oder das Herz.

Ganz anders die Grille: Ihr Purzelbaum beim Hochzeitstanz war ein Freudensprung. Juhui, und es ist geschafft, und die fleißige Ameise fortan mein Weib. Aber oha: Es kam der Fehltritt, die winzige Unachtsamkeit, eine leichte Überheblichkeit, eine Sekunde, und schon war vorbei, was eben erst begonnen hatte. Amedes wunderte sich immer wieder, daß das Lied nach dem Purzelbaum und dem tödlichen Sprung noch vier Strophen hat, in denen die Ameise sich vergeblich abmüht, den noch zu retten, der schon verloren und begraben ist; daß Vater und Mutter immer da waren und ihn aufnahmen, den Totgeglaubten, das Hüfali Elend, ihn trösteten und aufpäppelten und nicht müde wurden, daran zu glauben, daß alles so werde wie früher und gut. Amedes fragte sich manchmal – trotz aller Dankbarkeit, andere Eltern hätten mich abgeschoben und alle zwei Wochen besucht, von vier Buben kann einer halt ein wenig, es bleiben immer noch drei und die Hoffnung –, ob es nicht besser gewesen wäre, er hätte an Andreas' Stelle neben dem Fenster gesessen, er wäre nicht auf den Rücken gefallen, sondern hätte wie Andreas das Genick gebrochen, wäre auf der Stelle tot gewesen, statt zu überleben.

Am Grab

Was Mutter wünscht: daß wir anders wären. Wenn ich das Haus verlasse, erhascht sie in letzter Sekunde den rotgelbgetupften schwarzen Schal, oder sie legt noch Hand an und kehrt den aufgeschlagenen Kragen, so ist's recht, um. Manchmal zelebriert sie Ausverkauf und kommt mit deiner Lederjacke in die Stube. Sie will ständig, daß wir dich anziehen. Oder sie fährt uns durchs Haar, will das wenige, das uns noch geblieben ist, scheiteln, so ist's besser, sagt sie und meint: Ihr solltet die Glatze nicht noch betonen. Ein andermal ist es der lachsrote Pullover, welchen du bei den Dreharbeiten trugst oder der weiße Rollkragenpulli, in dem du moderiertest, so daß man das Gefühl hat: sie will uns zum Film bringen. Ich glaube, sie wäre schon befriedigt, wenn es ihr gelänge, uns in die Kirche zu schicken.

Plötzlich ist Sonnenschein. Wir sitzen vor dem Haus. Tee und Birnbrot. Sie erzählt, wer wann Masern, schildert die Geburten und sagt: Amedes Steißlage; dann Röteln und Scharlach, Unfall eins, viel Sonnenschein, Unfall zwei, die Ängste immer und: Es war weißgott nicht leicht. Oder sie redet von dir, wie ihr euch kennengelernt habt: Es ist Fastnacht, du tauchst auf, lädst zum Tanz, bist Lehrer, führst sie vor den Augen der Einheimischen zum Altar, versprichst den Himmel auf Erden und prophezeist: nicht immer Sonnenschein, aber durch dick und dünn; es kommen die vier Evangelisten, genau wie du geweissagt, nur die Namen sind anders, weil die junge Frau halt: Benedikta, Amedessa, Martina, Stefania. Sie hat trotzdem alle Hände voll zu tun, der Abwasch wächst, die Buben helfen, der Rasen wuchert, die Buben holen Benzingemisch und mähen, rechen; der junge Mann, der Lehrer ist, wechselt den Beruf, wird Berufsberater bei der Invalidenversicherung, es kommen Waschmaschine und Filip, mit dem der Mann täglich unterwegs ist: Mesocco, Lumnezia, Poschiavo, Medel, Täler, wo er die Invaliden nach Streichholz- und Rorschachtest wieder ans Fließband zurückbringt und Berufe erfindet, am Laufmeter, während in der Küche der Dampf immer größer wird, da muß, sagt die Frau, eine Maschine her, und man bestellt bei Gaggenau; ich will, sagt der Mann und wechselt den Beruf, wird Sekretär des romanischen Anliegens, derweil Skoda kommt und der Ärger über die Germanismen; Gaggenau auf Stufe drei, und die Küche immer kleiner wird, ich habe, klagt die Frau und Mutter, zu wenig Raum, aber nun kommt Toyota, während das Volk den Mann in den Großen Rat wählt, *nos deputau,* und die Ältesten, Benedikt und Amedes, täglich die Planaterra hinaufsteigen, jährlich promoviert werden, was den Mann und Vater dazu bewegt, zwischen Subventionseingaben an den Bund und Interpellationen im Parlament das kleine Latinum der Universität aufzufrischen, doch in Chur lernen die Söhne unter Wiesmann und Meuli das harte C, es heißt jetzt karpe diem und keterum kenseo; es wird Sommer und Winter, der Toyota bekommt einen neuen, robusteren Skiträger, man fährt wieder in die Täler, wo der Vater für den Engadiner übt und die Söhne schnell aufrücken, zuerst auf Holzskiern, dann, die Siege stacheln an, muß Kunststoff her, raffiniert und bruchsicher, der Wachsraum wächst, Klister rot, gelb, blau und silber, Rode, Swix, Rex, Parafin und Lötlampen und Streichhölzer und Lappen und Loipen und Startlisten, Ranglisten, Medaillensammlung, Winter um Winter, Rennen um Rennen, bei denen der Vater, ihretwegen, am Loipenrand steht, mit knalloranger Zipfelmütze, wie mit Klebstoff an eine Steigung geheftet, in einer Kurve, sie schon von weitem anfeuernd, damit die Söhne, Nummer eins und Nummer zwei, noch schneller spurten, es geht um Sekunden, heja, aus voller Kehle, mit der Stoppuhr in der Hand, ein Yeti auf Streichholzbeinen, aber orangeorange wie das Warnlicht des Kraftwerks Reichenau bei Hochwasser, mitten im Schnee; und Tränen und Atemnot, Sauerstoffschuld bis ins Ziel oder Sieg und Platz eins, Medaillen, Rohschinken, Bündnerfleisch, Silberteller und heim und Mutter und Birnbrot und Spaghetti zum Z'nacht, GRATULAMUR, und alles, Vater, unseretwegen. Dann der Unfall in der Bretagne, es wird lange dunkel, Spital und Besuche, Früchte und Bücher, das Zimmer voller Langläufer, mit dem Rollstuhl dorfauf, dorfab, alle dürfen einmal schieben, als nächstes die Krücken, Fuß vor Fuß, und Mokassins,

127

bis es wieder schneit und der Citroën angeschafft wird, GS metallisiert, und wieder Sommer, und auf dem Maiensäß neue Kräfte tanken, auftanken, sagt der Vater, und legt, mit dem Buben, Steinplatten und baut Hütten für das Holz, und Amedes kommt wieder hoch, während die IV bezahlt, was die SNCF überweist, bis plötzlich Alison in Chur auftaucht, Aelisan, halb Schweizerin, halb Engländerin, mit dem Teint von Fidji. Amedes und Alison purzeln einander ins Leben: Ich kann's immer noch nicht glauben, denkt Amedes, aber sie hat mich auf den Mund geküßt, und die Küsse mehren sich, die Zungen und Zähne haben kaum Zeit zu essen, vor lauter Beißen und Küssen, so daß Amedes' Körper, it's the first time, ein neues Organ geschenkt bekommt, man schenkt sich Rosen, daß es bis tief in den Herbst weiterduftet, bis in den Winter hinein duftet es, heimlich zuerst, dann immer offener, im Citroën oder im Wald oder im Gästezimmer im Kellergeschoß in Amedes, wo die Mutter, nichtsahnend oder ahnungsvoll, sehr freundlich ist, aber katholisch und heller wäre ihr lieber, somit plötzlich ein Thema, worüber von Anfang an geschwiegen oder nur durch die Hintertür der Sakramente gesprochen wurde, worauf Amedes und Alison den ganzen Frühling weitersündigen, expreß, es ist ein Fest; der Vater will nicht länger um Subventionen betteln und ständig die Anstrengung, den deuschsprachigen Schwelbrand einzudämmen, der sich über alle Hänge ausbreitet, und die endlosen Sitzungen und das Aus-

128

handeln von Waffenstillständen unter der streitsüchtigen Minderheit, so daß ihm keine Zeit mehr bleibt für eine einzige Zeile auch nur eines Gedichtes; er wechselt also zum Fernsehen, jetzt wird das Generalabonnement fürs ganze Jahr angeschafft, und das Leben plötzlich ein großer Film.

Dann kommen die Großeltern. Großmutter breitet ihren Fragenkatalog aus, verwechselt die Namen, bald bin ich Benedikt, bald du, dann Tee und Hörnchen. Vielleicht ist Samstag, und Großvater hockt in der *Heimat* oder im *Central* und jaßt. Er sieht nicht mehr gut, muß die Karten nahe an die Augen heranführen, damit er die Zahlen lesen kann und den Nell erkennt; aber es geschieht, daß das Spiel plötzlich an Tempo gewinnt und die viel jüngeren Jaßpartner des Großvaters, die noch keine zehn Jahre pensioniert sind, aufdrehen, so daß er kaum mitkommt und die Karte, der angesagten Farbe gehorchend, unter Zeitnot auf das Häufchen schleudern muß, um zu verhindern, daß er überrundet und ausgelassen wird, und deshalb die kleinen Zahlen nicht immer überprüfen kann und den Sechser für den Nell hält halt, so daß eine kurze, aber präzise Schelte auf ihn niederprasselt, oder es genügt ein böser Blick, damit Großvater bei der nächsten Runde rechtzeitig Halt ruft und sich Zeit nimmt, denn es steht immerhin ein Zweierli Kalterer auf dem Spiel. Kaum ist die Strohwitwe da, will sie schon wieder gehen, Großvater ist, jammert sie, bestimmt längst zurückgekehrt, und Mutter muß sich wieder etwas einfallen lassen, damit Großmutter, abgelenkt, den Gedanken verliert; stattdessen fällt sie, hui, in frühere Zeiten, so daß der halbe Friedhof aufersteht und Mutter alle der Reihe nach wieder begraben muß, vor Großmutters tränennassen Augen. Dann trauert und weint die *Tatta,* und es ist erst drei. Um fünf schwankt sie mit schlafwandlerischem Gang hinüber. Die Zeit für den Streit ist reif: Hauptsache, doziert Mutter, man hat einen Beruf, und es sei jetzt *néras uras,* das Studium endlich abzuschließen, jeder müsse lernen, auf eigenen Füßen, und sie bringt Beispiele aus dem Dorf, von andern, die nicht älter sind, aber Schreinermeister oder Installateur oder Primarlehrer, so daß man im Dorf stolz sein könne auf sie, doch meine Söhne, klagt sie, faulenzen in Zürich herum, foutieren sich um das Dorf und die Tradition und scheren sich keinen Deut um das Brauchtum, die Religion, aber kritisieren, ja, alles in den Schmutz ziehen, das können sie; grad von dir hätte ich das nie erwartet, *jessas,* als du noch ein Kind, wenn ich gewußt hätte, was aus euch wird, ich hätte nie, Heimat ist doch, wo man aufgewachsen ist, aber ihr wollt weder heiraten, noch Kinder. Mutter steigert sich, verfängt sich im Netz all ihrer unerfüllten Hoffnungen, der Himmel der Welt lastet auf ihren Schultern, so groß ist die Last, die sie trägt, und die ihr mir aufgebürdet habt, und du vor allem, sagt sie mir, warum rasierst du dich nicht, Amedes? Bis sie angeekelt aufsteht und in die Stube geht, nachdem sie ausgerufen hat: Vater war ganz anders.

Mutter kann nur noch Großmutter werden.

Ich stelle mir vor: Sonntag: Mutter holt ein frisches
Hemd, die passende Krawatte, dazu den dunkelblau-
en Anzug und Socken, daß du nur noch zuzugreifen
brauchst. Vielleicht beginnt es so: Es ist Sonntag, aber
auch Feiertag, womöglich Prozession, der Kirchenchor unentbehrlich. Ihr steht früh auf. Toilette, Frühstück. Dann fragst du Mutter: Was soll ich heute
anziehen? Mutter weiß, daß du beraten sein willst und
überlegt. Oder: Seit du dirigierst, kann dich der ganze
Chor sehen; auch in den Proben. Das Äußere doppelt
wichtig. Du weißt, daß Mutter gerne berät, und zu-
dem singt sie mit, seit du dirigierst. Jetzt also Sonntag.
Sie stellt das Passende zusammen, und du ziehst dich
an. Dann Toilette: Rasur, Rasierwasser, Fingernägel.
Zum Schluß: Manschetten. Es kann losgehen. Sanc-
tus: Du intonierst, es folgen dir Sopran, Alt, Tenor und
Baß; dann Startposition; die leicht angewinkelten Arme erhoben. Der Chor schaut dich mit einem auf der
Zunge liegenden S an, die Augen werden größer, weil
du die Brauen hebst, das S ertönt. Bald schwingst du
mit den Armen, willst Lautstärke, zeigst mit dem
Finger auf die dominierenden Stimmen, der Sopran
braucht, denkst du, hin und wieder einen Stoß, dann
piano, du hältst den Chor mit offener Handfläche zurück, bremst, dann wölbst du die Hände und lockst
den Chor erneut hervor, *forte,* du holst die Töne aus
der Tiefe, ballst die Hände, hältst sie dicht und mit

131

angewinkelten Ellbogen vor die Augen, die jetzt den Chor durch den Raum zwischen den Fäusten fixieren, *fortissimo,* du gehst leicht in die Knie, öffnest die Faust, formst mit Zeigfinger und Daumen ein O, ebenso mit den Lippen, der Chor ein einziges O, dann streckst du die Finger und preßt sie aneinander, so daß die flachen Hände deinen Kopf einrahmen, kurz, denn bald streckst du die Arme wieder durch, hebst die Brauen und winkst ab. Der Chor verstummt sofort, nur die Orgel sendet einen Nachton, der noch schwach durch den hohen Raum vibriert, bevor du die Arme fallen läßt. Unten im Chor fährt der Pfarrer mit der Meßfeier fort, während du den Schweiß von der Stirn wischst, und der Chor dich anschaut und die nasse Haarlocke sieht, den Anzug, die Krawatte, die weit hervorragenden Manschetten und dich bewundert; magari. Vielleicht denkt Mutter: Das ist mein Werk.

In den letzten Jahren deines Lebens warst du ihr bester Sohn.

Nachdem sie ins Bett gegangen ist, hole ich aus der Küche die Flasche Hügelwein und ein Glas, setze mich in die Stube und schalte den Fernseher ein. Vielleicht läuft noch ein Film. Bis ich die Flasche leergetrunken habe, dauert es ein paar Stunden, es wird Mitternacht oder ein Uhr, bald haben die Fernsehstudios Sendeschluß, irgendwo noch eine Gesprächsrunde mit open end. Plötzlich höre ich Geräusche, Schritte, und ich sehe, wie Mutter im Nachthemd die Stufen herunterkommt. Ihre Augen sind noch halb geschlossen. Sie tritt murmelnd in die Stube, schaut auf die Uhr, schüttelt den Kopf, bemerkt die Flasche und das Glas, weil die Zeit für ein Versteckspiel nicht mehr gereicht hat, sieht die Zigarettenstummel und sagt: Aha. Sie öffnet ein Fenster, rümpft die Nase, ich will beschwichtigen; doch sie sagt: Mach nur weiter so. Du schaust uns im Halbdunkel von allen Wänden und Schränken herab zu, nur die Fotografie, die Mutter auf den Fernseher gestellt hat, zeigt dich im Profil, du blickst zum Fenster hinaus und auf die Birke. Mutter sagt: Du weißt, woran Vater gestorben ist. Dann geht sie wieder hinauf. In euer Schlafzimmer. Ich höre, wie sie über das Geländer herunterruft: Komm jetzt auch ins Bett, Amedes. Dann ein paar Schritte, eine Tür. Irgendwann stehe ich auf, leere die Stummel in den Abfallkübel und stelle die Flasche neben die Valserwasserflaschen auf den Boden. Das Glas spüle ich aus. Später öffne ich eure Schlafzimmertür und flüstere: *Bunga notsch, momma.* Mutter dreht sich im Halbschlaf um, murmelt etwas, ich höre: *Bunga notsch, dorma beng.* Schlaf gut. Dann gehe ich in das Zimmer meiner Kindheit.

Du fehlst Mutter jede Nacht.

Ich stelle mir vor: Du übernachtest in Zürich, und du weißt: Ich habe zwei Möglichkeiten. Abwägen: Bei

Benedikt hast du ein Zimmer für dich allein, er wird dir ein ordentliches Nachtessen kochen, vielleicht kommt Besuch, also politische Gespräche, Philosophie, Juristerei, alles Nichtraucher, Wein mit Maß, so daß Benedikt früh schlafen geht, und du auch. Oder: Benedikt hat viel zu tun, sitzt am Schreibtisch und sagt: Bediene dich, du weißt ja, wo der Kühlschrank. Also nimmst du Brot und Wein, etwas Käse, liest ein paar Seiten, machst Notizen, zwei, drei Gedichtzeilen, den Kommentar zum Film; vielleicht gehst du nochmals aus, trinkst irgendwo einen Landwein, allein, in Gesellschaft, fährst zurück. Oder Amedes: Man hat Hunger und geht in eine Quartierbeiz, etwas à la carte, Wein, ein Gespräch über Literatur, du zeigst ein neues Gedicht oder Prosa, die du auf Anfrage geschrieben hast, eine Muttertagsgeschichte fürs Radio, zum Beispiel, man bestellt noch eine Flasche, raucht, kritzelt etwas auf ein Zigarettenpäckchen, das Papiertischtuch, spinnt Gedankennetze, entwirft Pläne, Modelle, viel Zukunft. Dann will man noch in eine Bar; es wird, in der Bar, weitergesponnen und teuer und spät; beidseits Gähnen, du bezahlst. Taxi. Amedes hat nur ein Zimmer. Oder: Amedes fühlt sich nicht wohl, du gehst zu Benedikt, wo Amedes später auftaucht, stumm am Tisch hockt, daß du ihm zuzwinkern mußt oder sagst: *Vai, buab?* Später begleitest du Amedes heim. Dann fährst du zu Benedikt zurück, bei dem du übernachtest. Oder: Amedes geht es miserabel; er kommt zu Benedikt, ihr redet über Therapien; Amedes schläft bei euch. Zwischen acht und neun gehst du ans Telefon und rufst, ganz gleich, wo du bist, Mutter an.

Oder: Ihr seid im Schnittraum. Es ist vier oder fünf Uhr. Vielleicht willst du eine Sequenz nochmals anschauen, ist die Szene mit dem Baldachin zu lang oder der Pfarrer auf einmal unscharf, aber da ist nichts zu machen, entweder man läßt ihn so oder schneidet ihn heraus. Du entscheidest, und du entscheidest dich für den Pfarrer. Oder es stören dich die Gewehre der Soldaten, weil sie nur halb auf dem Bild sind. Du beschließt, die Szene herauszunehmen, es gibt genügend Nahaufnahmen von Truppenangehörigen: zum Beispiel die Scharfschützen in ihren blauweißen Uniformen, mit Ordonnanzkarabiner und aufgepflanztem Dolchbajonett; dazwischen eine Planton Soldaten, deren Langgewehre erneut in der Mitte des schräg aufragenden Laufs abgeschnitten sind, was hat denn, denkst du, der Kameramann gedacht oder gemacht, cut, sagst du, worauf die Cutterin, was dir mißfällt, herausschneidet. Endlich die Tambouren, zuerst der Major – mit Säbel und blauschwarzer Uniform, sowie prächtigem Galahelm, Original Pius X –, in dessen Sog die Tambouren trommelnd und ernst größer werden, blauweiß gestreift, auf dem Kopf einen Dreispitz, strengen Schrittes an der Kamera vorbei marschieren, Gras aufwirbelnd, trommelnd und, das lassen wir, sagst du, kleiner werden. Nur zuviel Himmel ist dir noch im Bild, auch wackelt der Baldachin, so daß du vorschlägst, die Szene um die Hälfte zu kürzen; sie tut, was du wünschst, spult zurück, stop, wieder der Major, wieder die Trommler, stop, cut, sie schneidet ein Stück Himmel heraus, klebt ihn wieder zusammen; fertig. Jetzt fehlt bloß der Kommentar, dann kann der Beitrag über das Fronleichnamsfest in Amedes gesendet werden. Für heute reicht's. Du packst Ledermappe und Tächlikappe, wirfst einen letzten Blick auf den Schreibtisch, nimmst die Brille ab und legst sie ins Etui. Ihr geht in die Kantine; Kaffee und Wein, Fachgespräch. Dann mit ihrem Auto in die Stadt. Wo wohnt dein Sohn? Du nennst die ungefähre Richtung und beobachtest sie, wie sie das Steuer hält, dann losläßt, einhändig, nur mit den Fingern, wieder zweihändig; jetzt links, sagst du, und: Mit dem Tram wäre ich schneller. Ihr besprecht den morgigen Tag, redet vom nächsten Film. Im Zentrum: Sie hält, wo man aussteigen kann, und ihr verabschiedet euch. Benedikt oder Amedes.

Oder: Ihr fahrt in die Stadt. Was hast du vor? Parkplatzsuche. Flanieren. Zum Beispiel Kino. Hast du Hunger? Oder Theater. Ihr geht essen, trinken, weißt du, sagst du, oder: stell dir vor. Einmal stehst du auf, entschuldigst dich, suchst das Telefon, wählst die Nummer und meldest: Ich gehe jetzt zu Benedikt, oder: Ich bin bei Amedes. Dann zurück, du bestellst den Kaffee oder die zweite Flasche Wein. Jetzt streicheln, umarmen, lachen. Die Cutterin fragt: Gehen wir zu mir? Aber du lenkst ab, erzählst von den

Söhnen, von Mutter, rufst den Kellner, bezahlst und sagst: Gehen wir. Benedikt oder Amedes?

Oder: Sie sagt: Gehen wir. Du packst Mappe und Kappe, fährst dir beim letzten Rundblick durchs Haar, folgst ihr, wartest, bis sie die Tür geschlossen hat, dann geht ihr zum Parkplatz und zum Auto, wo du die Mappe auf den Hintersitz wirfst, und die Cutterin dich fragt: Willst du? Aber du sagst: Nein, nein, fahr nur. Ihr fahrt zu ihr. Sie bringt Käse und Wein, Brot und Kerzen. Du wirfst die braune Lederjacke auf den Fauteuil, ziehst die Schuhe aus, gehst zu Tisch. Die Cutterin erzählt. Vielleicht von den Eltern. Oder ihrem ersten Beruf. Ich war eine schlechte Schuhverkäuferin. Dann die Umschulung. Ich hätte, sagt sie, fast die Matura nachgeholt, aber da war das Angebot, die freie Stelle, der Reiz des Fernsehens. Sonst hätte ich dich nie kennengelernt, sagt sie. Während sie später den Tisch abräumt, telefonierst du. Dann eine zweite Flasche. Ihr geht hinüber, du nimmst die Flasche, sie die Gläser. Sie legt eine Platte auf: Matthäus. Du beobachtest sie: wie sie sich bewegt und bückt und die Kniekehle frei wird; das offene Haar, das über die entblößte Schulter fällt, wie mager sie ist; die Finger, die für den Schnitt wie geschaffen sind, wie sie den Staubfänger über die Rillen führen, den Tonarm aufsetzen. Sie kniet nieder, der Rock rutscht über die Knie, sie steht auf, kommt auf dich zu, der du die Hand mit eng aneinanderliegenden Fingern und unter Zeig- und Mittelfinger gepreßtem Daumen schon hochhälst, um für den ersten Takt bereit zu sein. Vielleicht sagst du: Wunderbar, bevor sie sich neben dich setzt und dir den Arm um die Schulter legt, stelle ich mir vor.

Am andern Morgen schreibst du den Kommentar. Am Nachmittag Schminken und Moderation. Dann fährst du nach Amedes. Am Samstag sitzt du, nachdem du den Nachmittag im Garten verbracht hast, kurz vor sechs mit Mutter in der Stube. Der Fernseher ist schon eingeschaltet; noch sieht man die Ansagerin, aber kurz darauf erscheinst du und sagst: *Caras aspectaturas, cars aspectaturs.* Während du lächelst und zwinkerst, legst du Mutter den Arm um die Schulter. Sie blickt dich an und sagt: Man sieht, daß du zuwenig schläfst. Dann schaut ihr beide auf dich, auf die Haarlocke, den Rollkragen, die Augen. Dann kommt die Prozession. Morgen ist Sonntag.

Ein Jahr nach der Rückkehr aus Kanada hatte sich Amedes an der Universität eingeschrieben und das Naheliegendste gewählt: Romanistik. Damit war seine Karriere gesichert, zumal der Vater reichlich Vorarbeit geleistet hatte. Als Sohn war Amedes häufig in den Genuß von Privilegien gekommen: eine Nachsicht von Seiten der Lehrer (oder eine ungewohnt deutliche Zurechtweisung: Grad du...), eine kleine Retouche, ein bißchen Verständnis, da und dort ein Entgegenkommen. In Amedes kam der Einfluß des Großvaters hinzu. Ein Enkel des ehemaligen Gemeindepräsidenten und Mitbegründers der Amedesser Werke zu sein, wollte in einem Dorf, in dem es vor allem darauf ankommt, mit wem man verwandt ist, etwas heißen.

Als Amedes wieder einen seiner kleinen Tode inszenierte, sagte der Vater, geübt im Suchen und Finden von Lösungen: Du gehst dann zum Radio oder arbeitest bei mir. Amedes erinnerte sich an Zeiten zurück, in denen der Vater in die Täler gefahren war und Berufe erfunden hatte: Meinetwegen, Amedes, kannst du auch Schuster werden.

Frühes Amedes

Bis zu den Sommerferien dauert es noch vier Wochen. Wir werden mit Filip ans Meer fahren; endlich ans Meer und ins Ausland wie die andern. Letztes Jahr sind wir schon einmal über die Grenze geraten. Als wir zum Zoll kamen, war Vater sehr freundlich. Er grüßte die Männer, die lange und ernst in den Wagen schauten, mit erhobener Hand und sagte: No no, gnente, gnente. Die Barriere wurde sofort geöffnet. Bis Mailand habe ich nur Schilder gesehen und das Fenster und den Himmel. Vor dem Dom haben uns viele Touristen fotografiert, und die Tauben auf dem Platz waren dreckig und hatten kranke Füßlein. Wir sind noch am gleichen Abend nach Bosco zurückgefahren. Ich sah wieder viele Schilder und sehr viele Lichter. Nach dem ersten Zoll sagte Vater, wir seien jetzt im Niemandsland. Es war unheimlich dunkel in diesem Land; überall hingen Äste über die Straße; kein Haus und kein Mensch. Beim zweiten Zoll, welchen Vater den Unsrigen nannte, schauten andere Männer und andere Mützen in den Wagen. Vater mußte den Kofferraum öffnen und lange und laut und deutlich mit den Herren reden; unter vier Augen. Mutter meinte, wir sollten nicht aus dem Fenster schauen und aufrichtig sitzen. Als Vater eingestiegen war, sagte er: *Tutanurdan*. Aufs Meer freue ich mich viel mehr, als ich mich auf den Dom und die Tauben gefreut habe. Wenn man nicht sieht, wo das Wasser aufhört...

In den Pausen dürfen wir brünzeln gehen. Wer romanisch kann, sagt: *Eu sto i a fa pisch.* Aber brünzeln müssen alle. Meistens tun wir es gemeinsam und gleichzeitig. Im Wehzeh ist ein langes Becken und eine weiße Wand. Wir brünzeln ins Becken oder gegen die Wand, damit das gelbe Wasser nach rechts abfließt, wo ein Loch ist, durch das es verschwindet. Um gegen die Wand zu brünzeln, müssen wir das Glied in die Höhe halten und gut zielen und drücken; sonst werden Kleider und Schuhe naß. Es sieht aus wie bei einem Wasserfall, wenn der Strahl an der Wand herunterfließt und ins Becken fällt. Bei hohem Druck kommt es vor, daß ein paar Tropfen auf die Kleider zurückspritzen. Falls wir kurze Hosen tragen oder barfuß sind, spüren wir es und wischen die Tropfen mit der Hand ab. Wir haben selten Zeit und Druck, um lange gegen die Wand zu brünzeln. Sobald alles erledigt ist, wasche ich mir die Hände und renne auf den Pausenplatz zu den andern und den Mädchen, die es anders machen und im ersten Stock. Es gibt Tage, an denen mir kein Wasser kommt, weil jemand neben mir steht und schon brünzelt, wenn ich komme, oder weil dummerweise jemand gerade auftaucht, wenn ich anfangen will. An solchen Tagen kommt bei mir überhaupt kein Tropfen mehr. Damit ich mich nicht blamiere, tue ich so, als hätte ich die Sache schon hinter mich gebracht. Wenn das passiert, muß ich mitten in der Stunde die Hand aufstrecken und Lilli um Erlaubnis bitten. Die andern flüstern dann: *Het dä a schwachi Bloosa.* Für den

Fall, daß ich vorher und rechtzeitig spüre, daß es heute nicht kommt, wenn Pause ist und alle anderen schon am Brünzeln sind, und damit ich mich nicht mitten in der Stunde vor Lilli blamiere, tue ich so, als müßte ich beides machen und verschwinde in der Kabine, wo ich die Hosen ganz herunterlasse und auf die Schüssel sitze, als müßte ich beides machen. Ich warte solange, bis ich das Gefühl habe, daß ungefähr so viel Zeit vergangen ist, wie man braucht, um beides zu machen. Dann reisse ich ein bisschen Papier von der Rolle, falte es mehrmals, damit es nicht zu lang ist und ins Wasser kommt und tue so, wie man tut, nachdem man das Zweite gemacht hat, damit es die andern, die noch im Wehzeh sind, hören können und glauben. Dann spüle ich.

Heute haben wir Hochdruck. In der Pause sind wir direkt auf den Pausenplatz gegangen, und nach der Pause hat niemand die Hand aufgestreckt; auch ich nicht. Heute gilt es ernst. Ruedi hat mir gebeichtet, daß er über Mittag besonders viel Apfelsaft getrunken habe. Ich selbst gab mir den ganzen Nachmittag Mühe, anständig zu sein, damit ich um vier aufs Wehzeh gehen kann und zum Wettkampf und nicht bei Lilli bleiben muß. Luzi, Gregor, Stöffi, Ruedi, Reto, Marco und ich stehen jetzt vor dem Becken. Erich, der von nichts wußte und schon in der Pause gebrünzelt hat, stellt sich, weil er nicht mehr kann, als Schiedsrichter zur Verfügung. Er erklärt, daß wir der

Größe nach zu brünzeln haben und Luzi darum als erster drankommt. Bis heute haben wir uns nie bis über die weiße Wand hinauf gewagt. Dort beginnt nämlich der Verputz, der grün gestrichen ist und bis an die Decke reicht. Wir starren auf den Verputz, während Luzi den Hosenladen öffnet und das Glied herausnimmt. Wir wissen, daß man jedes Glied vorne mit den Fingern abklemmen kann, bis nichts mehr kommt. Sobald man die Finger losläßt, weil der Druck zu hoch ist und weh tut, spritzt das Wasser wie aus einem Feurwehrschlauch gegen die Wand. Aber wir haben schon am Vormittag abgemacht, daß es verboten ist, den Druck abzuklemmen. Wir haben sowieso genug Wasser gesammelt und wollen wissen, wer ohne Hilfsmittel am höchsten hinaufkommt und gewinnt und Brünzlimeister wird. Luzis Strahl hat den unteren Teil des Verputzes schon gelb und naß gemacht. Luzi drückt mit aufgeblasenen Backen, und kommt noch zehn Zentimeter höher. Aber nun fällt der Strahl, wie wenn Vater den Gartenschlauch abstellt, bis es nur mehr tröpfelt. Erich geht mit einem Stück Papier nach vorn, steigt mit dem Fuß auf Luzis Hände wie auf ein Roß und klebt das Papier an den grünen Verputz. Er steigt zu uns herab, zeigt hinauf und sagt: *Bis döt bisch khoo, Luzi.* Gregor und Stöffi sind schon angetreten. Stöffi, von dem ich weiß, daß er in der Freizeit viel übt, hat den Verputz einszwei erreicht und kommt, obwohl er kleiner ist als Luzi, fünf Zentimeter höher. Gregor ist nicht über Luzis Marke hinausgekommen und liegt, nach drei Teilnehmern, an dritter Stelle. Erich klebt zwei neue Papierli wie Pflaster auf den Verputz, wo drei gelbe Bächlein herabfließen. Ruedi und Reto brünzeln gleichzeitig und mit viel Schwung einen neuen Rekord, Verputzmitte. Dieser wird aber vom Apfelsaft, den Ruedi heute Mittag getrunken hat und Reto vermutlich auch, denn sie sind dicke Freunde, weil sie im gleichen Block wohnen, getrübt und erscheint unwürdig. Erich muß die Hand ganz ausstrecken, um bis zur Verputzmitte zu kommen. Für die beiden Freunde genügt ein Papier, weil sie, was Erich von oben bestätigt, auf den Tupf genau gleich hoch gebrünzelt haben. Während sie den gemeinsamen Rekord besprechen und nahe an die Wand herangehen, um zu überprüfen, ob einer nicht vielleicht doch höher gekommen ist, öffnet Marco den Reißverschluß und brünzelt in weitem Bogen direkt auf ihr Rekordpapier. Dieses fällt sofort ins Becken und wird ins Loch geschwemmt. Marcos Strahl fällt in sich zusammen, und zwischen Ruedi, Reto, Marco und Schiedsrichter Erich beginnt ein heftiger Streit um den Sieg. Erich klettert Luzi auf die Schultern, von wo er die gelben Ränder kontrolliert. In diesem Augenblick schießt mein Strahl wie aus einer Kanone und mit aller Ovomaltine des Frühstücks und dem gesammelten Orangensaft vom Mittagessen gegen den Verputz und über alle bisherigen Rekorde hinaus. Ich lehne mich weit zurück und komme mit dem letzten Schluck Orangensaft und meinem größten Mut bis zu dem Punkt, wo die Spin-

145

nen unter der Decke ihr Netz gezogen haben. Mit dem letzten Atem schreie ich: *I han de noi Rekord!* Dann stürzt das Wasser wie goldener Regen ins Becken. In diesem Augenblick zerreißt eine tiefe und laute Stimme wie ein Donnerschlag die andächtige Stille nach dem Sieg: *Kömand alli sofort dohera!* Zuerst sehe ich nur zwei ernste Augen und zwei gewaltige, dunkle, böse Brauen. Sie können nur einem einzigen Mann gehören. Ich verlasse mit den andern den Raum und trete, ohne die Hände gewaschen zu haben, in den Gang. *Saturpedscha,* schäm dich, sagt Schulaufseher Barnaus wütend und aufgeregt zu einem von uns oder zu mir. Ich kann es nicht recht erkennen, denn seine Augen erscheinen hinter den Brillengläsern wie zwei pralle, schwarze Zwetschgen. Ausgerechnet Schulaufseher Barnaus, der den Kirchenchor dirigiert und viel mit Vater zusammen ist, weil Vater singt und früher Lehrer gewesen ist und sie miteinander verwandt sind, und ich auch. *Tschau, Vettar Pétar Antúne,* sagen Vater, Mutter, die Brüder und ich zu ihm, wenn wir ihn besuchen. Ich folge den andern, die dem Zeigfinger von Schulaufseher Barnaus folgen. Lilli unterbricht die Flötenstunde, und die Mädchen kichern. Wir setzen uns in die vordersten Bänke. Wir sind verloren. Vettar Pétar Antúne scheint vergessen zu haben, daß er mit mir verwandt ist. Er hat mich nicht einmal gegrüßt. *Wer het dia sautumm Idee khaa,* brüllt er, während Lilli ernst und traurig auf mich schaut und nur auf mich. Keiner wagt zu antworten. Du, schreit Herr

Barnaus, mit dem ich nie mehr verwandt sein will. Aber Luzi schüttelt den Kopf, und alle andern schütteln den Kopf, und niemand ist es gewesen. Jetzt schaut mein ehemaliger Großonkel direkt auf mich und fragt: *Forscha tej*, du vielleicht, Amedes? Ich weiß nicht, ob ich der Anführer bin. Alle Himmel, die ich je für Lilli gemalt habe, tauchen vor meinen Augen auf und sind dunkel und grau und schwarz. Ich sehe Lilli und ihre Augen, sehe die drohenden Brauen von Barnaus und das ernste Gesicht des Vaters, der alles erfahren wird, noch heute abend, bei der Probe. Ich spüre einen Schmerz, der mir durch den ganzen Körper sticht, bis ins Glied. Ich antworte: *Gie, eu.* Ja, ich war's. Vettar Pétar Antúne, der Schulaufseher und Dirigent, mein Großonkel Herr Barnaus flüstert Lilli etwas ins Ohr wie ein Lachen und verläßt das Zimmer, ohne ein Wort zu sagen. Nicht einmal ein Gruß. Ich sehe nur, wie der große Mann mit den dichten, dunklen Brauen und den schwarzen Zwetschgenaugen das Zimmer verläßt, und ich weiß, daß er nie mehr mein Großonkel und ich nie mehr der Sohn seines Neffen sein will und doch immer der Sohn des Vaters bleiben muß und will in Ewigkeit, immer.

Während des Nachsitzens redet Lilli kein Wort mit mir. Ich darf nicht einmal einen Himmel zur Wiedergutmachung malen. Nur Buchstaben. Von A bis Z, und zurück. Ich bin sicher, daß sie mich nicht mehr liebt. Kurz vor sechs verlassen die Mädchen mit den

Flöten und ich das Schulzimmer. Sie kichern immer noch. Im Türrahmen schaue ich noch einmal zurück auf Lilli und versuche einen Himmel zu sehen als Trost. Aber Lilli schaut mich nicht an. Ich schließe die Tür und das Herz und gehe langsam durch den Gang. Auf einmal höre ich Schritte, die lauter werden und näher kommen und die Treppe hinaufsteigen, und ich sehe eine Gestalt und ein Gesicht und Augen und das Fehlen eines Zwinkerns und auf der Stirn die erwartete Strenge, und Vater geht an mir vorbei wie ein Fremder und sagt: *Tej spetschas*, du wartest. Ich setze mich auf das Bänckchen im Gang. Ich höre, wie Vater an die Tür klopft und begrüßt wird und mit Lilli im Klassenzimmer verschwindet, wo sie jetzt unter vier Augen sind, und ich kann nichts mehr hören als das Herzklopfen und nichts mehr sehen als die Wand und die Dunkelheit und einen dichten, schwarzen Schleier. Nach einer Ewigkeit kommt Vater mit Lilli aus dem Zimmer. Sie verabschieden sich wie zwei, die sich schon oft gesehen haben und gut mögen. Ich sehe, wie Vater Lilli zuzwinkert und ihr die Hand gibt und beide einander danken. Ob er für Lilli einen Himmel gemalt hat? Ich wage nicht, daran zu denken. Jetzt dreht er sich nach mir um: *Via, ti schlaviner!* Ich stehe auf und renne neben den strengen Hosen des Vaters her und über die Treppe und auf den Pausenplatz, wo er Filip geparkt hat. Ich gehe um den Wagen herum und öffne die Tür. Doch in diesem Augenblick sagt Vater, der auf der anderen Seite des Blechdaches steht: *Tej vas a pé*, du gehst zu Fuß.

Das Gemeindehaus und Herr Cahenzli und Herr Casaulta und der Respekt und das Tor und Herr Pizokel
und die Schwestern und sapperlot so schnell wie möglich heim. Ich zertrete das Gras, welches mir bis zum
Hosenladen reicht, und der Duft der Heublumen und
der Gestank meiner Finger vermischen sich mit dem
bitteren Geschmack des Wassers, das mir über die
Wangen fließt und in den Mund und auf die Zunge.
Im Windfang ziehe ich die gelbe Jacke aus und die
Schuhe und sehe keinen Vater und keine Arme, die
mich empfangen. Ich will nicht mehr wissen, wie es ist,
wenn man nicht sieht, wo das Wasser aufhört. Ich will
mit niemandem mehr verwandt sein, der Schulaufseher ist oder Dirigent oder singt. Kein Mensch wird je
wissen, daß ich heute, vier Wochen vor den Ferien am
Meer, höher hinaufgekommen bin als alle andern, bis
an die Decke, wo die Spinnen ihr Netz gezogen haben,
daß ich heute Brünzlimeister geworden bin, vor allen
andern.

Vier Jahre später las Amedes: ...hör nicht auf das Geschwätz der Kameraden, die behaupten, da sei weiter nichts dabei, das müsse man tun, das schade nichts. Wenn einer diese Sünde, die man auch Selbstbefleckung nennt, oft begeht, kann ihm das sehr wohl schaden. Ich meine die Sünde der Unkeuschheit, durch die ein Junge seine Geschlechtskraft mißbraucht, um sich selbst Genuss zu verschaffen. Der Gebrauch der Geschlechtskraft ist nur in der Ehe gemäss der Ordnung Gottes erlaubt. Missbrauch der Geschlechtskraft ist immer Sünde. So ist es ein schwerer Mißbrauch, wenn zwei junge, unverheiratete Menschen, von ihrer Leidenschaft getrieben, das miteinander tun, was nur in der Ehe erlaubt ist. Ohne Kampf geht es allerdings nicht. Das erste Mittel heißt Ablenken. Das zweite Mittel Abhärten. Auch die schlimmste unkeusche Versuchung ist noch keine Sünde. Nur die Einwilligung in die Versuchung ist Sünde... Auf dem Umschlag blickt ein junger Mann nachdenklich und fragend auf Amedes. Das Büchlein, welches die Mutter ihm mit ernsten Augen gegeben hat, trägt den Titel: Wer sagt uns die Wahrheit? Oben links steht: P. Clemente Pereira SJ.

Andreas

...Tous les ambulanciers de Paimpol participèrent à l'évacuation des morts et des blessés sur le centre hospitalier de Paimpol, tandis que plusieurs médecins assistaient les sapeur-pompiers dans leur difficile tâche.

Die Tür geht auf. Der Vater erscheint. Amedes sieht ein Zwinkern, aber die Augen sind rot, und es sind Tränen. Das Gesicht ist zerfurcht. Die Haut zittert. Er kommt mit ausgebreiteten Armen auf Amedes zu, der sich mit Hilfe des Bügels aufgerichtet hat: *Oh miu fegl.* Sie umarmen einander. Amedes weint: *Oh miu bab.* Der Vater richtet sich auf, weicht zur Seite, und Amedes sieht, wie Andreas' Eltern ins Zimmer kommen. Zuerst die Mutter, dann der Vater. Beide weinen und sind schwarz gekleidet. Sie kommen ans Bett, setzen sich auf die Kante und geben Amedes die Hand. Amedes ist sprachlos; er spürt, wie ihre Finger seinen Unterarm umklammern. Sie schaut ihn mit sicherem Blick an. Ihre Lippen sind zusammengepreßt und streng. Auf beiden Seiten der Mundwinkel erscheinen Grübchen: Wir sind froh, daß du lebst, Amedes.

In diesem Augenblick ist Andreas gestorben.

Anderntags hatten die Eltern viel zu tun. Der Vater kam ins Zimmer und fragte: *Vai buab?* Dann ging er

151

wieder, er müsse telefonieren. Einmal war Besuch da, zwei stämmige Herren, die Fahrer des Leichenwagens. Andreas' Eltern blieben den Nachmittag über bei ihm. Die Mutter saß neben Amedes und hielt ihm die Hand. Sie sagte: Du darfst jederzeit zu uns kommen, wenn du magst. Amedes unterdrückte das Weinen: Ich weiß, flüsterte er, daß ich ihn nicht ersetzen kann, aber ich will versuchen, euch an ihn zu erinnern. Danke, Amedes, sagte sie, das ist lieb. Sie weinte. Dann reisten Andreas' Eltern ab.

Der Vater organisiert. Man bringt einen Fernsehapparat ins Zimmer. Meinst du, es geht, fragt der Vater. Amedes nickt, und sie schauen sich das Abendprogramm an. Amedes aufgerichtet im Bett, der Vater neben ihm, auf einer Pritsche. Von Zeit zu Zeit geht er hinaus, um zu rauchen. Nach den Nachrichten eine Filmserie. Amedes wird bald müde, schläft ein. Der Vater ist bei ihm. Mitten in der Nacht schreckt Amedes auf, atmet schnell und ängstlich, stöhnt. Der Vater wird wach, steht auf, hält ihm die Hand. Er streichelt die entblößte Brust des Sohnes; gleichmässig, Massage. Es ist wie damals, vor den Rennen: Der Vater kommt ins Zimmer, die beiden Söhne liegen auf dem Bauch im Bett. Soll ich euch einreiben? Dul-x oder Vierundzwanzigkräuteröl? Amedes beruhigt sich, schläft wieder ein. Einmal ist der Vater nicht schnell genug bei ihm. Amedes stöhnt, ruft nach dem Vater: Hätte ich es nicht sagen dürfen, Vater? Der Vater ist wieder da, massiert und beruhigt: Was meinst du,

152

Amedes? Daß ich sie an ihn erinnern will. Nach einer Weile, die über die Brust fahrende Hand besänftigt, sagt der Vater: Ich glaube, das war sehr schön von dir. Amedes schläft.

Tagsüber ist der Vater beschäftigt. Er telefoniert, redet im Gang mit den Schwestern, dem Arzt und anderen, deren Stimme Amedes nicht kennt – immer Französisch, als wäre es seine Muttersprache: Bien sûr, hört Amedes und: Je comprends. Der Vater geht aus, fotografiert Häuser und Straßen, Monumente und Sonnenuntergänge, den Bahnübergang, das Blinklicht, den Zug: Ich will alles festhalten. Dann ist der Zeitungsmann da, mit einem riesigen Fahrgestell. Er zeigt lachend auf die zahlreichen Zeitungen und Zeitschriften: Que voulez-vous lire? Amedes hat keine Ahnung, was es gibt, er versucht die Zeitungsköpfe zu erkennen, liest Titel: *Equipe, Libération, Le Monde,* und antwortet: Du sport s'il vous plaît. Während der Vater organisiert oder bei ihm ist und auf der Pritsche Notizen in ein blaues Oktavbüchlein kritzelt, blättert Amedes in Magazinen, Sportlerkarrieren verfolgend. Er liest Interviews und Fußballberichte oder begleitet Eddy Merckx auf der Tour de France. Merckx gewinnt trotz eines Furunkels am Gesäß. Es geht täglich besser.

Amedes träumt. Sie liegen am Strand, der Wind weht, die Wellen laufen immer höher auf den Sand; sie stehen auf, packen Kleider und Badtuch, gehen ein paar Schritte hinauf, wo sie sich wieder hinlegen; Serena, Andreas, er; man lacht, steht auf, rennt hinunter, läßt sich in die Wellen fallen, Freudenrufe, Tauchen. Wo seid ihr? Dove sei? Da, links ein blonder, rechts ein brauner Schopf. Plötzlich Ebbe: Amedes friert, steht auf, ruft, wartet; er läuft zurück, sieht sein Badtuch, die Kleider. Wo seid ihr? Er rennt hinunter, endlich, Amedes kommt näher, eccola, ruft: Serena. Keine Antwort. Sie liegt auf dem Rücken, die Beine angewinkelt, gespreizt. Amedes sagt: Non prendermi in giro, Ser... erstarrt, schaudert und steht wie angewurzelt vor Andreas' zerschmettertem Kopf. Amedes schreit und erwacht.

Am andern Morgen ruft die Mutter an. Am Nachmittag ein Gespräch mit dem Vater: Ich habe ein schlechtes Gewissen.

Der Vater sitzt auf der Pritsche, ein Bein über das andere, die Hände gefaltet, mit geschlossenen Lidern: Warum?

Ich hätte besser auf ihn aufpassen sollen.

Aber du hast doch erzählt, sagt der Vater mit warmer, vertrauensvoller Stimme, wie du ihm geholfen hast, wenn er etwas nicht verstand.

Das schon, aber... Amedes schweigt.

Der Vater zückt den Kugelschreiber, das aufgeschlagene Oktavbüchlein liegt neben ihm auf der Pritsche. Nach einer Weile: Aber?

Amedes zögert, schaut sich im Raum um: das Fenster, das Lavabo, der Fernseher, Blumen und die dunklen Augen des Vaters: Da war noch Serena.

Serena?

Eine Römerin, die bei uns war.

Im Zug?

Nein, im Zug nicht mehr; auf dem Mont St. Michel, ich...

Hat sie dir gefallen?

Ja, und ich wollte nicht, daß Andreas...

Hat sie ihm auch gefallen?

Das weiß ich nicht genau; er war eher zurückhaltend und konnte kein Italienisch, aber...

Habt ihr gestritten?

Nein, gestritten nicht, sie hat mir...

Ja...?

Als wir das Kloster besuchten und Andreas plötzlich weg war, und später, auf den Steinen; ich hoffte, daß wir eine Weile allein sein... Amedes schweigt, schaut rasch auf den Vater, dann auf das Deckbett; schließt die Augen.

Hast du mit ihr geschlafen?

Amedes schüttelt den Kopf und sagt, ohne die Augen zu öffnen: Nein.

Die Tür geht auf: Arztvisite. Der Vater erhebt sich, begrüßt Oberschwester und Arzt, erzählt und zeigt auf Amedes. Amedes hört nur Bruchstücke: mon fils, oder progrès. Man entfernt die Bettdecke. Amedes blickt auf die in Gipsschienen gebetteten Beine, das Gitter darüber. Der Arzt nimmt den Verband weg. Amedes sieht: unterhalb des rechten Knies eine quer über den Schenkel reichende Risswunde, ein Stück Knochen ragt aus dem Fleisch, wie eine jener gebrochenen Zaunlatten, die Großvater, nachdem er sie übereinandergelegt hat, mit Schnur oder Draht zu befestigen pflegt: Holz, Amedes, predigt der Großvater, ist teuer. Der Arzt betupft die Wunde mit Watte und erklärt, daß man erst in zwei Wochen operieren könne. A cause de l'infection. Der linke Fuß: oberhalb des Rists die Wunde. Watte. Worte. C'est bien. Der Arzt verbindet die Beine, verabschiedet sich. Mit Vater allein: Er macht Notizen. Oder liest. Amedes flüstert: Vater? Ja? Der Vater schließt das Büchlein oder das Buch, hört zu. Amedes flüstert: Ich liebe sie.

Amedes träumt. Serena flüstert: Vieni qua. Amedes sieht im Halbdunkel die Konturen ihres Körpers: Schulter, Hals, Haare, Gesicht. Sie dreht den Kopf, zwinkert. Sie stützt sich auf die Ellbogen; der nackte Rücken gleicht einer Sprungschanze. Sie streckt den Arm aus, atmet: Vieni qua.

Hast du ihre Adresse?
Ja, im Portemonnaie.

Willst du ihr schreiben? Der Vater bringt das Portemonnaie, legt es auf das Nachttischchen, bringt

Schreibblock und Kugelschreiber und setzt sich auf die Pritsche. Der Vater liest. Serena Prima, Corso 13 agosto, 00180 ROMA. Carissima. Der Vater sagt: Mach dir keine Sorgen.

Eine Woche später war die Rettungsflugwacht da. Auf dem Flugplatz wurde Amedes in einen aufblasbaren Sack gelegt. Der Lear-Jet hob ab. Eine Schwester, ein Arzt; die Pilotin und der Vater. Amedes sah die Küste und das Meer. Staunen und Scherze. Schweizerdeutsch. Dann Wolken, Nebel, Regen, Kloten. Schon da. Mit der Ambulanz nach Chur ins Kreuzspital. Täglich Besuch: Mutter und Benedikt und Martin und Stefan. Früchte, Bücher, Langläufer; Schulkollegen, Professoren. Vor der Operation, nach der Operation: das hochgestellte Deckbett, das Gewicht an den Füßen, das Kribbeln. Ameisen an den Fußsohlen, und Schwester Friedeberta in der Nacht: Bitte, bitte, reiben Sie mir die Fußsohlen ein; alle paar Stunden, bis die Schwester mahnte: *Si sind doch an Maa.* Mit der Zeit wurde das Steißbein wund, bis man Amedes auf einen Schwimmgurt bettete; Tage, Wochen, Träume, nächtelang. Bis der Rollstuhl kam; zuerst nur zwei, drei Minuten, das Umsteigen üben, vom Bett in den Stuhl, vom Stuhl ins Bett, täglich Fortschritte, allein auf die Toilette endlich, es nicht den Schwestern und nasser Watte überlassen müssen, ob er sauber sei: So, das hätten wir. Mit Tempo gangauf und gangab, wo die Schwestern und Pflegerinnen ausweichen mussten:

Aufgepaßt, unser Rennfahrer kommt. Drehen und Wenden, Amedes besorgte kleine Botengänge und machte Pirouetten. Nach Wochen endlich aufrecht, für einige Sekunden zuerst, Schwindel, kein Schwindel mehr, die ersten Belastungen, links zehn Kilo, rechts fünf Kilo, dann mit dem Fahrgestell, ein Laufgitter auf Rädern, im Zimmer, im Gang, der Laufbursche kommt, hiess es; dann die Physiotherapeutin, die Muskeln entwickelten sich wieder, Ober- und Unterschenkel, täglich, bis die Krücken da waren, links rechts, ganz kleine Schritte, dann längere, aber immer gleich lang, links, rechts, ermüdet aufs Bett fallen, Therapie, Beinstrümpfe, die Heidelbergerfeder, vergessen Sie nicht, die Feder anzuschnallen, sonst hinken Sie, weil der linke Fuß baumelt, und die Muskeln fehlen und die Kraft, aber die Ärzte hatten noch Trümpfe in der Hand, operierten ein zweites Mal, der Fuß fügte sich, blieb, wie er war, mehr oder weniger im rechten Winkel, juhui, ich kann zwar nicht abrollen, aber rennen und Langlauf und Fußball. Man empfahl gute Schuhe und Einlagen und hohe Absätze, dann fällt es nicht auf, aber die Heidelbergerfeder brauchen wir, brauchen Sie nicht mehr. Die ersten langen Spaziergänge rheinauf und rheinab, und Mutter und Mokassins und Schnee und Sommer, wo die Narben bewundert werden können, und Wanderschuhe und Berge und Himmel und Seen und barfuß und Asphalt und linker Fuß und rechter Fuß und Schaufenster und Spiegel und die Eitelkeit und grüß dich Amedes wie

geht's und die Schutzengel vor allem und Glück oder
der liebe Gott und die Dankbarkeit und die Wenns
und die Abers und die Ichauchs und Schaufenster und
Blicke und der regelmäßige dumpfe Widerhall wenn
der linke Fuß statt abzurollen aufschlug und Amedes
zeigte immer wieder wie das geht oder eben nicht halt
links so und rechts anders seht ihr ich hingegen und
asynchron und asymmetrisch aber das sieht man doch
nicht außer man schaut genau hin sieht man doch
nicht Amedes gar nicht daß du hinkst doch nicht daß
du hinkst.

Discharge Note

Personal history: he has a girlfriend in London and he enjoys cross country skiing. Familiy history: he denied any occurence of mental illness in the family. Functional enquiry: he denied using illicit drugs or any medication. Course in hospital: Hemoglobin was 15.8 and white blood cell count 7,900. Random clucose was 148, blood urea nitrogen 20, and serum glutamic-oxaloacetic transaminase was 20. These were all normal. Electrocardiogram on October 23rd showed poor R-wave progression in right precordial leads. In view of his age, the decrease in S.T.-T changes is rather surprising and may well be simply a technical problem. In hospital, he settled onto the Ward routine fairly well, playing ping-pong, and going for walks. His thought blocking decreased, and he became somewhat better adapted, but new situations, such as going for a car ride, produced some anxiety, and he seemed rather unwilling to answer personal questions. He was treated with Thioridazine up to 225 mgs. per day and Chloral Hydrate – 500 mgs. H.S.

Amedes hieß you. Als you zog er sich aus und an, als you ließ er sich auf Zelluloid abbilden und täglich von ungezählten Blicken auffressen. Man wusch you im niedrigen Becken und brachte you das Essen an den

Tisch. Man fragte: Do you want to play ping-pong oder ließ you allein. You ging ans Fenster und schaute hinaus. Hie und da ein Vogel, oder ein Güterzug der Canadian railways, welcher einen dicken schwarzen Strich durch die verblichene Gegend zog, wie der Kindergartenschüler, welcher seinem verschmierten Blatt mit schwarzer Neocolor ein Ende macht. Oder jemand rief: You listen up. Weißbeschürzte wiesen you den Weg zum Eßtisch, wo you ungewürzte Speisen aus einer Alu-Folie packte und in den Mund steckte. You don't eat much. Die ersten Tage verbrachte Amedes vorab im Bett. Gesichter erschienen: Tony, $-Brandy, Sally und andere, die er noch gar nicht kannte. Sie waren geschminkt und lächelten. Kamen dutzendweise, brachten Brieflein: You know we love you, Amy. Amedes richtete sich auf, versuchte zu sprechen, fiel zurück, zitterte, fror. Die meisten Gesichter verschwanden bald, übrig blieben drei oder vier, dann nur noch Tony und Sally, schließlich Sally. Sie rückte den Stuhl näher ans Bett, schaute auf Amedes, hielt ihm die Hand. Amedes wagte nicht, sie anzuschauen. Geschah es dennoch, konnte er sehen, wie ihr Mund schwupp ein Lächeln aufspannte wie ein Sonnenschirm, worauf Amedes sich sofort abwandte und durch das Gitter aus dem Fenster schaute. What makes you sad, please, tell me (Schirm). You know I want to help you (Wolke). But if you don't talk (viele Wolken). Oh Sammy (Sonne und Schirm). Amedes richtete sich auf, versuchte ein Wort: You know, Sally;

Sally beeilte sich: Yes, Sammy, tell me what I know
(schirmschirm), aber Amedes kam nicht weiter, ließ
sich fallen, wandte den Blick ab und schwieg. Sally
gab nicht auf: Where would you like to be, now?
Amedes war wunschlos.

I would if I could, aber die Philosophie von UP WITH
PEOPLE, you can if you want, half nicht mehr, I'm
sorry, Sally. Sie sagte: You don't have to be sorry.
Dann war sie weg. Die ganze Gruppe war weg. Abgereist. Die Show anderswo, vielleicht in Swift Current
oder Turn to the right oder One Way. Täglich Briefe;
Plakate mit den Gesichtern, auf der Rückseite von
allen ein kurzer Text, ein jeder versucht's auf seine
Art, I remember you, Love, Love-in-God, God bless
you oder ein Witz.

Amedes wach: Abend oder Nacht. Amedes liegt auf
dem Rücken, hört das Schlagen der Heizung, sieht den
Schatten des Gitters an der Decke, atmet, Bilder tauchen auf, Stimmen, Amedes hält den Atem an, kniet
auf dem Bett, schaut hinaus, sieht Häuser und Bäume,
eine Laterne, ein Fenster, dahinter einen Menschen im
weißen Mantel: Dr. White. Amedes legt sich hin, sucht
einen Gedanken, steht auf, schlurft zur Tür, öffnet,
tritt in den Gang. Grelles Licht. Stimmen. Atemstöße.
Amedes schlurft die Wände und Zimmertüren entlang. Feuerwarnung. Toilette. Amedes geht hinein,
versucht zu pissen oder zu scheißen, es gelingt ihm
nicht, Amedes schaut in den Spiegel, sieht ein Gesicht,

abstehende Haare, eingefallene Wangen, Blutkrusten am Nasenflügel, im Mundwinkel. Amedes schlurft in den Gang, vorbei an Wänden und Zimmertüren, Nummern, er sucht die Vierzehn, findet sie, öffnet, geht hinein, holt Bürste und Zahnpasta, macht sich erneut auf den Weg: Gang, Wand, Zimmer, Türen, Warning, Toilette, Spiegel, Gesicht, Zähneputzen. Zehnmal. Dann läßt er die viel zu weiten Hosen, welche man ihm gegeben hat, herunter, sitzt auf der Klobrille, versucht's, gibt es auf, zieht die Hosen hoch, nimmt Bürste und Tube, putzt sich die Zähne, schaut in den Spiegel, geht hinaus, in den Gang, wandert auf und ab, wandelt im grellen Licht, sucht das Zimmer, geht daran vorbei, geht weiter, kommt zur Glastür, sieht die Umrisse des Pflegers, kehrt um, schreitet den Gang wieder ab, bis zum Fenster, Häuser und Bäume, kehrt um, schlurft, öffnet die Tür, entert, läßt Wasser laufen, näßt die Bürste, drückt auf die Tube, putzt sich die Zähne, sieht Nase und Mund, speit, setzt sich auf die Klobrille, drückt, es kommt – Scheiße: die Hosen, steht auf, geht hinaus und durch den Gang bis zur Glastür, hält die Hosen fest, klopft an die Scheibe. Der Pfleger kommt, öffnet, sieht und sagt: Again.

Oder Tag: der Gang bevölkert. Ein paar Rollstühle. Uralte Frauen. Infusionsflaschen. Zwei Männer, ein Großer, ein Kleiner, im Vateralter, die eines Tages von zwei stämmigen Polizisten hierher geschleppt wurden, worauf ständig ein Poltern zu hören war, bis man sie trennte und nur noch der Kleine schrie und an die Tür hämmerte oder nackt im Gang stand, einen erloschenen Stummel zwischen den Lippen: die kanadische Variante von Haire Lägar selig. Abwechslungsweise werden sie hinausgelassen. Man mahnt Amedes: Don't get too close. Oder eine Frau im Mutteralter mit geröteten Augen, immer unterwegs, seufzend; sie begleitet Amedes oder kommt ihm entgegen. Ihr Satz: You are so young. Oder der alte Mann mit Cowboyhut, Großvateralter, Großvatergröße, immer im Polstersessel, ein Buch in der Hand, das er verkehrt hält. Sein Spruch: Down at the prairie.

Oder bei Dr. White: And now, young man, tell me about cross country skiing. Eine Aufforderung, die Amedes zum Leben erweckt: Well, you know, there are different kinds of snow... Dr. White möchte gerne wissen, weshalb man beim Steigen in die Knie geht: Why do you have to bend your knees? Amedes merkt, daß der Arzt ihn auf die Probe stellen will. Er überlegt: Wie übersetzt man Schwerpunkt und Gleitfläche? und sagt: It's a question of the wax and the center of gravity of the body. Das genügt. Do you think of suicide, fragt der Arzt plötzlich, als handle es sich um eine klärende Nachfrage. Aber Amedes schweigt. Nach zehn Minuten steht er im Gang, hat ein Yes im Kopf und ein Nein auf der Zunge, schlurft ins Zimmer, holt die Werkzeuge, kehrt in den Gang zurück, huscht auf die Toilette und putzt die Zähne.

Amedes sitzt im Aufenthaltsraum. Der alte Cowboy ist da; ebenso der Große. Amedes spielt Solitaire oder redet mit dem Großen. Der Fernseher läuft, zeigt Katastrophen und Konzerte; eine Jazzband spielt, drei oder vier Männer mit Saxophon. Einer der Spieler gleicht – ja gewiß, das ist er – Dr. White, das kann nur er sein, der Schnurrbart, die Glatze, alles da. Amedes ist überzeugt: Die nehmen den Film im Keller auf, als Test. Einmal setzt sich eine Pflegerin neben Amedes: Weren't you on TV a few days ago? Amedes verneint: No, that was a friend of mine. Die Pflegerin behauptet, sie sei sicher, Amedes gesehen zu haben, in Miss Flowers Frühstückssendung. Amedes leugnet abermals: You know, in UP WITH PEOPLE everybody looks the same.

Man holt Amedes, lädt ihn zum Tischtennisspielen ein, gibt ihm Ball und Schläger und wartet auf den ersten Aufschlag. Amedes läßt den Ball fallen oder den Schläger: I'm sorry. Man hilft ihm, drückt ihm den Schläger in die Hand, that's it, try again, Amedes versucht einen Aufschlag, trifft die Tischkante oder, wenn er Pech hat, den Ball und die Tischkante. Aber man hat noch Reservebälle, hilft, spricht gut zu. Und Amedes schafft es tatsächlich, den Ball einmal übers Netz zu bringen. Applaus. Dabei bleibt es. I'm sorry, my service. Er weiß immerhin, wo's hapert. I want to go back. Amedes darf zurückgehen. Im Aufenthaltsraum sitzt er am Tisch, spielt wieder Solitaire, achtet darauf, daß er die Karten fehlerlos einreiht: die Früchte zu den Früchten, die Zahlen zu den Zahlen. Amedes hört, wie jemand sagt: He likes to play alone.

Essenszeit: Meistens setzt sich Amedes neben die Frau, die ihn im Gang begleitet. Es kommt darauf an, wo die Alufolie mit seinem Namen liegt. Aber man darf auch woanders Platz nehmen. Ein Tisch ist für die Rollstuhlfahrer reserviert. Täglich rollen neue heran, aber die Zahl der Rollstühle bleibt sich gleich. Jemand schreit, will noch Salz oder Zucker, oder eine Gabel fliegt in hohem Bogen durch die Luft. Man muß sich ducken. Die Pflegerinnen lachen und beruhigen. Das Klappern der künstlichen Gebisse und Stöhnen. Aber es wird gegessen. Zum Dessert: Tee und Pillen. Man zwingt Amedes, auch die zweite für ihn bestimmt Pille zu schlucken.

Oder hellwach: Amedes liegt auf dem Bett, Tag oder Nacht; das Lämpchen an der Wand brennt. Amedes zittert am ganzen Körper. Die Beine beben, die Knie schlagen reflexartig aus. Amedes wie ein Spitzensportler bei Lockerungsübungen. Publikumslos starrt Amedes auf das Lämpchen. Bilder tauchen auf, bleiben kurz, verschwinden; der Raum ist wieder da: die Dekke, das Fenster, das Gitter, das Lämpchen. Es ist grundsätzlich finster. Nur hie und da schiebt sich ein Bild dazwischen, verschwindet. Oder eine Bilderreihe: der Blick einer Mutter, Francy, Tante Erika, Andreas' Mutter, Mutter, ein Mutterfilm, der auf einmal stoppt, ein Standbild, das größer wird, eine Stimme erhält, das Zittern verstärkt sich, es schüttelt den ganzen Körper, ein Weinen in allen Gliedern, der Atem geht schnell, stoßhaft, das Bild riesengroß: Mutter, Mütter, Kolonnen von Müttern, fingerzeigend, auf Amedes, der in der vordersten Reihe hockt, flatternde Röcke und Chorgesang: TUA CULPA, TUA MAXIMA, bis der Film weiterwandert: Amedes auf einmal in der Wüste, neben ihm Sally: Look at the lizzards, staunend, Schlangen und Leguane, Krokodile, Fische hinter Glas und im Museum Uniformen, Waffen, Steine, Tafeln und Sally, Sally im Arm, Sally an der Hand, Sally vorne, Sally hinten in Landschaften, Schluchten, Wäldern, auf Flüssen und mitten auf der Bühne, Sally und Amedes, den Kopf auf das eine Ding gerichtet, die Lippen, summend, singend, Klatschen und Jubel, clap clap, wildfremde Menschen, die Amedes umringen und wünschen, daß er seinen Namen schreibt, da, auf die Hand oder den Unterarm oder auf ein Stück Papier, my name is Eimedes. Der Film spult zurück, wirft ein neues Bild aus, wo ist das, dunkel zuerst, wie im Wald, aber heiß und Haut, Amedes blickt auf, schmeckt Salz, hört ein Lachen und sieht Alisons Zähne, kiss me now, Alison über ihm, nackt, don't go away, Amedes. Alison in tausend Bildern, tausend Körpern, nackt und im Mantel und im Auto und weg. Amedes hellwach. Die Beine zittern. Eine Pflegerin steht neben ihm und fragt: Do you hear voices? und fragt: Do you see animals?

Telefon: Amedes wird geholt. Man führt ihn durch den Gang in einen Raum, reicht ihm den Hörer und sagt: Your mother. Amedes lauscht, hört die Stimme. Die Mutter redet ohne Unterbruch: Wie geht es dir? Komm bald heim. Wir sind bei dir. Was ist geschehen? Amedes, hörst du mich? Komm bald heim. Warum sagst du nichts? Klick. Amedes denkt: Tonband.

Kein einziger Traum.

Eines Mittags steht Tony vor ihm: Do you think you can fly home? Amedes hantiert mit der Alufolie, denkt an die Küche daheim, den Dampf, Bohnen, Kartoffeln, Speck, Valserwasser; die Stube, das Haus, der Garten, die Großeltern, das Dorf, die Hügel: I don't know, Tony. Amedes denkt: Lieber nicht. Es folgen Tee und vier Pillen. You must.

Im Nu: Amedes ein lustiger Flaneur im Gang, heiter auf und ab, good morning, Doctor, my father is a director. Eine unbändige Lust auf Ping-Pong, das Netz kein Hindernis, kein Solitaire mehr. Im Gegenteil: Amedes sogar in der Küche, can I help, beim Kuchenbacken, Tischdecken und Abräumen, he has become very cooperative. Einszwei wieder Amedeskleider, Socken und Hemd. Mantel und Hose und die Zähne längst geputzt. Tony verkündet: You will fly tomorrow.

Die Entlassung: ein letztes Mal bei Dr. White. You look better now. Tatsächlich: die Blutkrusten sind weg, Farbe im Gesicht. Family life will bring you up again. Amedes denkt Langlauf und Schnee und Schule: You know, the Swiss school system is different... Aber Dr. White will nichts mehr lernen. Er überreicht Amedes einen versiegelten Brief: This letter is important, you have to give it to your family doctor. Amedes nimmt die Worte und den Brief. Er liest: To whom it may concern.

Dann Abschied und mit Rucksack und Tony hinaus und in den Lift und ins Auto und auf die Straße. In Toronto weiß man schon Bescheid, übernimmt Amedes wie eine griechische Amphore, good bye, Tony, dann hinein und durch den Schlauch und in den Rumpf. Amedes stehen vier Sitzplätze zur Verfügung, damit er liegen kann. Ein Steward stellt den Wecker und versorgt Amedes regelmäßig mit Wasser und Pillen; den ganzen Flug, die ganze Nacht über bis Kloten, wo man Amedes allein läßt, doch da warten schon Vater und Mutter hinter der Glasscheibe, winken, winken, und Amedes winkt zurück, während er am Förderband steht und auf Bonatti wartet. Er schlägt den Mantelkragen hoch, winkt, wie ein Geschäftsmann, gewohnt und geübt, man kehrt heim wie man abgereist ist, kommt aus Übersee als käme man von der Kaffeepause, wartet wie alle manteltragenden Geschäftsleute auf seinen Aktenkoffer, die Hände im Hosensack, ein Ritual, weiter nichts, man kennt's – bis

170

Bonatti ausgespuckt wird und schräg auf dem Förderband schaukelt, Überbleibsel eines für immer von der Gletscherspalte verschluckten Bergführers, und naht, inmitten von Koffern und Taschen. Amedes packt den Rucksack, schlendert zum Ausgang, frisch frisiert, lächelnd, kommt zur Paßkontrolle, problemlos, wenn man Schweizer ist und heimkehrt und den Mantelkragen hochgeschlagen hat und rasiert ist, wie auf dem Bild, das der Zöllner kurz prüft, alles in Ordnung, der Paß wieder bei Amedes, der schon jenseits der Glasscheibe im Diesseits von VaterMutter steht, hallo, hallo, alle drei gehen aufeinander zu, VaterMutter-MutterVater, es ist unser Amedes, gottseidank, und Amedes macht die letzten Schritte, die letzten selbständigen Schritte für lange Zeit. Daheim.

In der Stube: Polstergruppe. Die Familie wieder komplett. Dann kommt der Hausarzt, kriegt einen Schnaps vom Tat und den versiegelten Brief. Er liest mit Brille und kritischem Blick, und plötzlich lacht er, laut und polternd, als läse er den Nebelspalter: Die Kanadier spinnen. Aber er liest weiter, lacht und fügt, mit der Stimme, die verrät, daß hier einer den Witz schon kennt, hinzu: Ich werde einen Gegenbericht schreiben; es handelt sich nämlich um einen klassischen Nervenzusammenbruch. Nachdem er einen kräftigen Schluck vom Eigengebrannten genommen und diesen zu Mutter gewandt gerühmt hat, fragt er den Stummen: *Gell, hesch doch Liabaskummar khaa, gell?* Amedes weiß nicht, was er antworten soll. Er ist enttäuscht, rafft sich aber auf und flüstert die Lüge: *Schu a bizli.*

Monate später, als Amedes längst wieder wachsen und langlaufen konnte, zeigte ihm der Vater den Brief. Amedes las. Unverständliches, Medizinisches, Zahlen. Zuunterst auf der Seite: Diagnosis: *295.4 acute schizophrenic episode.*

In der Stube: Amedes sitzt im Polster, bleich, mit ausdruckslosem Blick. Die Brüder sind da, vor allem Stefan, der in der Programmzeitschrift blättert. Zwischen zwei Filmankündigungen blickt er auf und beobachtet den Bruder, der eben heimgekehrt ist. Stefan sieht, wie Amedes auf einmal Schlagseite bekommt und wie ein Kartoffelsack über die Polsterlehne kippt. *Sc'ing sac truffels.* Amedes, was machst du? Stefan steht auf, geht hinüber und hilft dem Bruder in den Sessel. Es dauert nicht lange, da wiederholt Amedes die Nummer, Stefan muß abermals aufstehen und hinübergehen: Auf, Amedes! Beim vierten Mal ärgert er sich: Also, jetzt reicht's, Amedes; das machst du absichtlich. Ruhe. Stefan, der bereits gelernt hat, mit einer und zwei Unbekannten zu rechnen und der weiß, daß die singende Magd PUELLA heißt und CANTAT, blättert weiter.

Im Unterschied zur Grille lebte Amedes nach den Purzelbäu-
men weiter. Neues Leben durchströmte seinen Körper. Ein neues
Lied. Aber von nun an bestimmte der Vater Takt und Rhythmus
und den Refrain: Dich laß ich nicht mehr so schnell über die
Grenze.

Amedes vorübergehende Absenzen vom Diesseits wurden häufi-
ger. Seine temporären Tode, die länger dauerten, als es gemein-
hin gebraucht hätte, um zu sterben, fanden nicht mehr nur in
amerikanischen Greyhoundbussen statt, während sie durch
mondähnliche Landschaften fuhren, die Amedes so fremd und
unwirklich erschienen waren, daß der Tod zum Bild des Lebens
paßte. Nun hatten sie sich auch in den Zweitklasswagen der
Rhätischen Bahn eingenistet. Das war neu: Amedes' kleine
Tode geschahen jetzt in der Welt, in welcher er zum Leben
geboren worden war, vor einem vertrauten familiären Hinter-
grund. Das Gesicht des Vaters und die Frage: Kann ich etwas
für dich tun? Er konnte die Purzelbäume des Sohnes nicht
verhindern, aber es gelang ihm, das Netz zu spannen. Amedes
Tode gehörten nun zur Familie. Sie waren die unverwechselba-
ren Merkmale seiner Person geworden. Tod und Auferstehung.
Das Wissen um die inbegriffene Auferstehung verlieh den
Toden eine zusätzliche Attraktivität und verlockte zu neuem
Sterben. Amedes wehrte sich dagegen. Gleichzeitig war er der
Verlockung wehrlos ausgeliefert. Er folgte dem Zeichen, das ihn
zur Grenze führte. Dort angekommen, besaß er keine Macht
mehr über seine Schritte. Den Rest des Weges, die Grenzüber-
schreitung, die Übertretung der Demarkationslinie, die für ihn
keine Gültigkeit mehr hatte, überließ er seinem Schatten. Dieser

*führte ihn regelmäßig in das trügerische Licht väterlich-mütter-
licher Fürsorge, in die Küche, in die Stube, in das Kinderzim-
mer zurück. Er mochte sich dagegen wehren. War er aber in die
Grenzzone gelangt und im Niemandsland angekommen, blieb
ihm keine Wahl. Außer einer: der Vater. Dieser war letztlich
mit der Mutter identisch, und Mutter sagte, falls Amedes
wieder zu trotzen begann und Reisepläne in die Selbständigkeit
schmiedete: Während der Depressionen hast du mir besser
gefallen. Je weiter sich Amedes in Bereiche vorwagte, die ihn
vom Elternhaus fort- und in sein eigenes Heim führten, wurde
er, sobald er gepurzelt war, umso heftiger ins Elternhaus
zurückgeschleudert. Das Stück Eigenständigkeit, welches er
sich in Zwischenstrophen aufgebaut hatte, fiel wie ein Karten-
haus zusammen. Er war wieder Kleinamedes, der Unfaller.
Die Mutter, welche einen neuen Lebenssinn verspürte, holte die
verstaubten Krücken aus dem Keller.*

Am Grab

Vor einiger Zeit ist mir das Oktavbüchlein wieder in die Hände gekommen. Jahre nach Paimpol hattest du es mir gezeigt und gesagt: Aus diesen Notizen schreibe ich einmal einen Bericht. Soweit ist es nie gekommen. Viele deiner Pläne blieben im Rohbau stecken. Was einst mit den Worten: Das gibt einen Roman, vielversprechend begonnen hatte, schrumpfte, weil die Zeit für Größeres fehlte, zu ein paar wenigen Seiten, im besten Fall zu einem Fragment. Meistens blieb es bei Notizen, ersten Zeilen, Versuchen, Skizzen. Für diesen Umstand hattest du wie für manches eine knappe Erklärung parat, und du sagtest, falls dich jemand danach fragte: Ich bin ein literarischer Asthmatiker. Die Produkte deiner kurzen literarischen Atemzüge liegen jetzt überall herum. Was du nicht schon zu Lebzeiten veröffentlicht hast, findet sich in Ordnern und Mappen. Vieles steht in den kleinen blauen Büchlein. Während des Studiums hattest du darin Vorlesungsnotizen gekritzelt, später dienten sie zur Vorbereitung der Chorproben, oder sie enthalten Sitzungsprotokolle, Reden, Gedichtentwürfe, Tagebucheintragungen. Wenn ich in deinen Schriften krame, empfinde ich Ehrfurcht. Ich sehe, was mir, als du noch lebtest, verschlossen geblieben ist oder sich nur über den persönlichen Kontakt mit dir vor meinen Augen geöffnet hat. Damals war, was du zeigtest oder vorlasest, immer die Verlängerung deines auf dem Tisch pulsierenden Handgelenks, und die Worte bekamen, wenn man dir zuhörte und gleichzeitig das Spiel deiner Augen und Lippen sah, einen magischen Klang. Was du geschrieben hattest, war, weil du es geschrieben hattest, stets vom Glanz deiner Gegenwart überstrahlt, und die von dir liebevoll gerundeten Buchstaben leuchteten wie die Manschettenknöpfe deines Sonntagshemdes. Gleichzeitig erbtest du von deinen Zeilen. Was einmal schwarz auf weiß und mit kräftigen Zügen auf dem Papier Gestalt angenommen hatte, tauchte in den Linien deines Gesichts wieder auf, und die Furchen einer schlaflosen Nacht glätteten sich. Es brauchte nur Sonntag zu sein, und schon waren dein Körper, der sich tags zuvor im Garten abgerackert hatte, und dein Gesicht, das am Vorabend auf dem Bildschirm von Müdigkeit gezeichnet gewesen war, ein schlankes Gedicht.

Jetzt müssen die Buchstaben, die du hinterlassen hast, ohne dich auskommen. Sie sind den neugierigen Blicken deiner Nachkommen ausgeliefert. Niemand ist da, um das zittrige a oder das magere m zu verteidigen. Die Worte sprechen nur für sich. Keines vermag zu erzählen, wann und wie es entstanden ist, unter welchen Auspizien, wie du sagen würdest; keines nennt den Geburtsort, die Umstände, die unruhige Zugfahrt, das zitternde Handgelenk, den Jahrgang. Keines sagt: Wartet, ich bin nur vorläufig geboren und komme wieder, in neuem Kleid, oder: Ich kann nichts dafür, daß ich so pathetisch bin, man hat mich so gewollt, und er hat mich halt gewählt, aus anderen. Jetzt können wir dich nur noch lesen.

Vier Monate nach deinem Tod kam ein Verleger zu uns. Man redete über dein Werk, über die verschiedenen Sparten, in denen du dich geäußert hattest, erwog die Übersetzung aller Originaltexte, sprach von Gesamtwerk und Querschnitt, auch vom Geld, vom Machbaren also. Plötzlich galt es ernst. Die Söhne mußten für den Vater entscheiden. Deine Texte, die bis anhin ein kleines Heiligtum gewesen waren, wozu alles gehörte, das Gedicht, die Erzählung, sogar ein zwischen zwei Kameraeinstellungen hingeworfener Aphorismus, und die für uns alle gleichwertig waren, wurden kritisch begutachtet und, wie es heißt, auf ihre Qualität hin untersucht. Wir parzellierten die Texte, legten die mit Büroklammern oder Bostich zusammengehefteten Seiten auf je verschiedene Häufchen nebeneinander, hier die Gedichte, da die Geschichten, dort die Kolumnen. Man sprach von einem vielschichtigen Schriftsteller, von breitem Spektrum und großer Bandbreite, Mutter wies auf die religiösen Gedichte der Fünfzigerjahre hin, Benedikt rückte die politischen Texte in den Vordergrund, Amedes wollte alle Gedichte in einem Band, dazu einen zweiten Band mit Prosa, du wurdest dick und umfangreich, auch teuer, so daß der Verleger den Taschenrechner hervornahm, man sprach über Papier und Paperback, du wurdest schmäler. Dann sagten wir zu. Alle waren auf ihre

177

Rechnung gekommen. Mutter hatte die Religiösen und für den Rest kaum ein Ohr: davon verstehe ich zu wenig. Benedikt hatte seinen kritischen Zeitgenossen und Amedes, der sich gut an die Worte des Vaters erinnern konnte: Eines Tages wird magari einer meiner Söhne, vielleicht du, Amedes, in den Schubladen kramen und dafür sorgen, daß das eine oder andere – hatte nur einen Gedanken, als Daten und Termine bereits festgelegt waren, und eine Sorge: Ist es in seinem Sinn?

Ein Jahr später wurde das Buch veröffentlicht und an einer kleinen Vernissage im selben Raum, in welchem du die Proben abzuhalten pflegtest, vorgestellt. Es kamen viele, und es war feierlich. Benedikt und Amedes lasen aus deinem Buch. Deine Worte erfüllten den Raum, und einen kurzen Augenblick lang warst du mitten unter uns. Es schien, als wärst du husch auferstanden und hierhergekommen, um deine Neugierde zu stillen; als schautest du den rezitierenden Söhnen über die Schulter, als prüftest du Schrifttypus, Graphik und Papier; als nicktest du, befriedigt: *Tutanurdan.* Magari.

Im Oktavbüchlein stehen nur Stichworte: Am Krankenbett, Amedes beichtet, Serena, Sex, Onanie, Benedikt, Sünde, Glaube, Andreas, Gott, Dummheit, Vater, Intelligenz, Mutter. In Klammern: Alles alles aufschreiben. Ich erinnere mich nicht mehr im einzelnen. Ich weiß nur noch, daß ich dir mein ganzes Leben erzählte, wenn du willst: beichtete. Ich erinnere mich, daß du da warst und zuhörtest und tröstetest und immer wieder sagtest: Das ist keine Sünde. Ich erinnere mich an die Erleichterung, die der Beichte und deinen Besänftigungen folgte. Wärme, die den Körper durchströmt. Schwerelosigkeit für Augenblicke. Die Gewißheit, erlöst zu sein. Damals wußte ich noch nicht, daß begann, was Jahre später zur Tragödie wurde. Ich hatte dich in Paimpol zum Beichtvater gemacht. Auf Lebzeiten. Seither warst du für mich die Instanz, welche meine Schritte bestimmte. Wider Willen. Ich wollte vor dir nie mehr etwas verbergen müssen. Ich wußte, daß du zuhören würdest. Ich war überzeugt, daß du vergeben würdest. Wenn ich später beichten zu müssen glaubte, geschah es nicht so sehr einiger neuer Sünden wegen, sondern weil ich um die Absolution wußte: Amedes wird erlöst, auch wenn er bloß strauchelt, stolpert, scheitert. Wenn ich falle, mag ich vor oder nach dem Purzeln gedacht haben, hilft mir Vater wieder auf die Beine, wie er es getan hat, als ich gesündigt hatte, damals, als ich Serena begehrt, Andreas verletzt hatte, tödlich, warum, hatte ich mich damals gefragt, nicht ich, an seiner Stelle? Vater, vergib mir meine Sünden, Vater, hilf mir auf die Beine; es wird, hattest du gesagt, alles wieder gut werden – ein Satz, der nachklang, widerhallte, bis nach Kanada, wo ich, gepurzelt, im Innersten doch daran glaubte: Vater hilft mir wieder auf die Beine, weil seit Paimpol der Satz nachklang: Wenn ich falle,

179

besser sündige, hilft mir Vater, weil er alle Sünden verzeiht, selbst wenn ich nicht der Sünde wegen falle, was ich heute weiß, sondern meinetwegen, was, daß ich sündige, keineswegs ausschließt, aber die Frage nach Reue und Buße, davon bin ich überzeugt, überflüssig macht. Man purzelt nicht, weil man gesündigt hat. Man purzelt, vorerst, weil man purzelt. Das wiederum ist eine Frage des Gleichgewichts. Kannst du mir, Vater, noch folgen?

Ich hatte, spätestens seit du mit mir auf dem Maiensäß Platten gelegt und Holzhütten gebaut hattest, an deinem Schritt Maß genommen. Im besten Fall gelang es mir, dir zu folgen. Solange du auf Sichtweite vorausgingst, war ich außer Gefahr. Sobald ich aber in Bereiche vorstieß, wo ich verunsichert war, und ich nicht mehr wußte und dich nicht fragen konnte: Gehe ich richtig, verlor ich die Kontrolle über meinen Gang. Wo, wie in Amerika, die Möglichkeit nicht gegeben war, mich und meinen nächsten Schritt bei dir abzusichern, begann ich mich abzuseilen. Gleichzeitig setzte ich einen Befehlshaber unter der Gehirnrinde ein und geißelte die fiktiven Sünden nach eigenem Gutdünken. Nun sprach Mutters Stimme in mir, in mir sprach die Stimme derer, die oft beichten. In der Folge war, was ich tat oder unterließ, sündhaft. Je weiter ich mich von der Eckbank in der Küche entfernt hatte, desto weniger gelang es mir, deine Güte auf meine Schritte zu übertragen. Wenn das Hinken stärker wurde, schrieb ich es nicht der Unebenheit des Bodens zu, sondern den Beinen und den Sünden, die sich dort eingeraucht hatten. Der amerikanische Verhaltenskodex, welcher mir täglich vorgetragen wurde, deckte sich mit dem Sündenregister, das den Gläubigen, zumindest hierzulande, erlaubt, den Beichtstuhl zu betreten. Die Lieder, die ich täglich mitsang, zerfielen in ihre Einzelteile; die Stimmen lösten sich in diffuse Laute auf, während Mutter und du in der Ferne verschwammt, eins wurdet, Briefeschreiber, Mutmacher, Botschafter aus einer Welt, die so anders als die dortige nicht sein konnte, aber es schien, als wärt ihr, Teilhaber der alten Welt, die ich, nicht zuletzt euretwegen, verlassen hatte, die für mich einzigen noch intakten Teile der neuen Welt, die mich verließ. Dann purzelte ich. Meinetwegen. Das Übrige war Sache der Diagnostiker. Ich wartete nur noch ab, was kam.

Als ich von Kanada heimkehrte, hätte ich mir keinen besseren Empfang wünschen können. Ich weiß nicht, was ich getan hätte, wenn ihr nicht dort, jenseits der Glasscheibe, gewesen wärt. Natürlich schämte ich mich, aber ihr blicktet mich beide mit trauerstrahlenden Augen an, daß ich für kurze Zeit glaubte, einen Unfall überlebt zu haben. Erst in der Stube erkannte ich, daß ich mit dem Kontinent nur das Gefängnis gewechselt hatte. Gewiß, Dr. White hatte recht: Das familiäre Milieu bewahrte mich vor dem Schlimmsten. Es läßt sich bei den Seinen besser sterben. Aber ich wurde in der Stube nicht gesprächiger. Mutter wollte dies und jenes wissen und fragte immer wieder: Amedes, hat dir jemand weh getan? Oder: Wie waren die Familien, erzähl. Was wollte sie anderes tun? Sie hatte ihre ganze Mutterliebe gesammelt, um ihren Amedes wieder zum Strahlen zu bringen. Aber Amedes schwieg. Ich war überzeugt, Sünden begangen zu haben. Ich interpretierte die Tatsache, daß ich zum Amerikaner nicht tauge, so, daß ich auch zum Menschen nicht taugte. Was war geschehen? Ich weiß es nicht.

Was ich weiß: Es muß unerträglich gewesen sein für euch. Ihr wart mit einem Phänomen konfrontiert, das ihr nicht begreifen konntet. Da war das Urteil von Dr. White, welches, hatte man Amedes vor Augen, verständlich wurde; aber da war auch der Hausarzt, der dir doch immer die richtige Spritze gegeben hatte, wenn ein Bein nicht so recht wollte, so daß ihr, schon weil es euer Amedes war, eher auf ihn hörtet. Ich kann mir vorstellen, daß es ein Spiel war. Daß der Hausarzt den Nervenzusammenbruch inszenierte, solange Amedes in der Stube saß, um dann, im Vertrauen und zu euch gewandt, die schnapswahre Wirklichkeit zu präsentieren. Ich kann mir vorstellen, daß du in einschlägigen Lexika unter dem Stichwort Schizophrenie nachschlugst oder in der Verzweiflung Spezialisten konsultiertest. Vieles ist möglich. Ich weiß: Schon um sieben wollte ich wie Kleinamedes ins Bett, mir graute vor den Nachrichten, ich schlüpfte unter die Decke meines Rätsels, wo ich das Netz der Phantasie weiter-

sponn, das Schauspiel des Debakels erneut und wider-
willig auf die Bühne der Zimmerdecke brachte, wie
damals, ich glaube, es war in Moose Jaw, als ich
hellwach im Bett lag und mit Schaudern das Morgen-
grauen erwartete, überzeugt, der Selbstmord käme
ihm zuvor. Nur war in Amedes die Decke eine alte
Bekannte und das gegenüberliegende, nunmehr leere
Bett von Benedikt das Nachbarboot früherer Schlachten, so daß der Gedanke, das Leben jetzt und endgültig zu beschließen, immer wieder wie ein elektrisches
Kabel abgezwickt wurde. Kann sein, daß ich aus
einem Augenwinkel das goldsilbrige Schimmern der
Medaillen an der Wand wahrnahm. Vielleicht fiel die
Erinnerung an einen Sieg quer über die auf das Ende
hin gerichtete Gedankenbahn. Ich hatte keine Ahnung, wie man Amedes umbringt.

Dein Geburtstag nahte. Du wurdest Fünfzig. Ich hatte
bald einen Monat vor mich hin geschwiegen. Der Fall
Amedes drückte auf die Stimmung im Haus, beein-
flußte die Besucher, die kamen und stärker noch jene,
die nicht kamen. Das Haus, das doch ein offenes sein
sollte, verwandelte sich in eine Festung. Amedes wollte
niemanden sehen, blieb ständig im Haus, in verdunkelten Räumen. Anfänglich vermochtet ihr, vermoch-
test vor allem du, Amedes' Verdunkelungsritualen ein
Licht entgegenzuhalten. Das kostete Kraft. Ich vermute, daß du nach zwei, drei Wochen nur noch ungern
von der Arbeit heimkehrtest, weil du wußtest, welche
Friedhofstimmung dich dort erwartete und weil du

den Glauben, der Gestrauchelte würde sich noch einmal aufraffen, verloren hattest. Die kleinen Sonnen, die du jeden Mittag und Abend in die Küche und in die Stube schlepptest, wirkten immer weniger und verblaßten. Du fragtest dich, stelle ich mir vor, ob es überhaupt noch einen Sinn habe, die Kräfte damit zu vergeuden, im Haus täglich ein Solarium aufzubauen, wo Amedes nur bleicher wurde. Es ist möglich, daß du eines Tages *So* sagtest und beschlossest, dem täglichen Trauermarsch deine eigene Melodie entgegenzusetzen. Die Melodie hatte zwei Strophen: die erste stammte von deinen Eltern und bestimmte, daß du Fünfzig werden solltest. Die zweite schriebst du selbst. Sie enthielt die Mitteilung, du habest mit einem Psychiater gesprochen. Dazu den Termin vereinbart. Amedes war doppelt gewarnt. Am Vorabend deines Geburtstages schlurfte er ins Bad, nahm den Joghurtbecher, worin die vom Hausarzt verordneten Schaftabletten auf den Einsatz warteten und schluckte eine um die andere, bis keine mehr im Becher war. Dann ging Amedes ins Bett. Anderntags kam viel Besuch, gratulierte, lachte, setzte sich in die Stube, während Mutter Salami und Käse auftischte, dazu ein Glas der besseren Sorte, du wurdest beschenkt, geküßt, gefeiert. Die Stube trug Himmel, man hörte Musik, eine Messe oder den Messias, die Gläser funkelten, und immer wieder raschelte Geschenkpapier durch deine Hände, welche die Gaben hochhielten, du hobst, ich vermute, die Augenbrauen und stauntest.

Hohò. Ein Stockwerk höher schlief Amedes wie ein Stein. Er schlief, während die Gratulanten da waren. Er schlief noch, nachdem sie gegangen waren. Ich schlief zum ersten Mal seit langer Zeit einen traumsüßen Schlaf. Am anderen Morgen erwachte Amedes, war heiter und redete. Er purzelte über die Treppe in die Küche, umtanzte die kochende Mutter, erzählte von Amerika, von den Müttern und von der gräßlichen Gelatine, die sie anstelle von Bohnen oder Erbsen servieren, Gesellin der Kartoffel, grün, rot, gelb und klebrig. Amedes erzählte von den Auftritten, tanzte vor, sang, sang die alten Lieder wieder. Was war geschehen? Ich weiß es nicht. Ich weiß: Amedes rasierte sich, spazierte ins Dorf, grüßte, erzählte diesem oder jenem. Das Haus wurde offener, es kamen Freunde, die Zeit verging, der Termin beim Psychiater wurde gestrichen, Amedes war wieder da.

Solange du lebtest, Vater, kam ich wieder hoch. Deine Lebensbejahung war stärker als meine Todessehnsucht. Solange du lebtest, hatte ich, wenn die Sprungkraft nachließ und die Vorderflügel erlahmten, einen Ort. Ich durfte zu dir. Daß du da warst, hat mir das Leben gerettet. Daß du immer wieder da warst, hat mir das Sterben erleichtert. Solange du lebtest, Vater, blieb ich dein Sohn, auch in einer Zeit, als du der Söhne nicht mehr bedurftest.

Die Grille hatte es einfacher. Hoißa, hoißum, und sie liegt mit zerschmettertem Schädel am Boden rideridum, und jede Strophe wird zweimal gesungen, sogar der Tod; und kein Nachspiel außer der Trauer. Rideridum.

Jetzt haben auch Vater und ich unter vier Augen ein energisches Gespräch geführt. *Ussa tonschi,* es reiche jetzt, hat er gesagt, und daß er mit Lilli den Kontakt bis zu den Sommerferien am Meer aufrecht erhalten wolle. In der Stube war es dunkel, und Mutter hat die ganze Zeit geschwiegen, weil Vater gesagt hat: jetzt rede er, *ussa tschontsch'eu.* Deshalb hat sie Socken geflickt und den Kopf geschüttelt über mich. Vater hat auch gesagt, daß ich mich jetzt gründlich ändern müsse, sonst ergehe es mir schlecht ab Herbst bei Lehrer Willi, der viel seriöser sei als Lilli und strenger und nicht mit uns verwandt. Dann hat er ein kleines blaues Heft aus der Mappe genommen und mir erklärt, das sei ein Oktavheft. Mit dem Lineal und einem schwarzen Kugelschreiber hat er auf jede Seite eine Linie gemacht und Zahlen. Dann hat er die Augenbrauen, die jetzt fast so buschig aussahen wie die von Vettar Pétar Antúne, hinaufgezogen, er hat mich fest und dunkel angesehen und zweimal erklärt, daß der obere Teil der Häuschen der Vormittag sei und der untere Teil der Nachmittag, und daß ich jetzt jeden Tag mit dem Oktavheft zu Lilli gehen müsse. Ich habe lange auf das blaue Heft geschaut und mir die Häuschen vorgestellt und den Vormittagshimmel und den Nachmittagshimmel und Lilli.

Während der Fronleichnamsprozession habe ich oft

auf den Boden geblickt. Vettar Pétar Antúne dirigierte den Kirchenchor und den Vater, welcher den Mund immer weit öffnet und sehr ernst singt. Vettar Pétar Antúne habe ich nur von hinten gesehen und halb verdeckt. Doch ich sah ihn noch immer vor mir stehen, und die schwarzen Zwetschgenaugen blickten mich an, als wären wir nicht verwandt. Und die Wand und der Verputz mit den gelben Rändern und der Rekord; es war zu wenig Zeit vergangen, als daß wir drei das schon vergessen hätten. Nachdem ich zu Fuß heimgegangen war und durch das hohe Gras, und nachdem wir gegessen hatten und die Nachrichten vorbei waren, hat Vater gesagt, daß wir nach Fronleichnam noch einmal darauf zurückkämen. Während der Prozession habe ich oft daran gedacht. Das Gras auf der Straße wurde immer ärmer von den Schritten und den Schuhen. Doch ich habe nicht gebetet. Die Soldaten waren ernst, und der Kommandant, Herr Klünki von der Eisenhandlung, hat sehr laut geschrien und den Soldaten Befehle gegeben und den Gewehren. Die Musikgesellschaft hat gespielt, und die Trommler haben getrommelt. Vor dem Tambourmajor, Herr Truffel vom *National,* habe ich viel Respekt und vor seinem Helm und dem Säbel, der bis zum Boden reicht. Stöffi und Ruedi haben schon ein Übungsböckli bekommen und Holzstäbe. In ein paar Jahren dürfen sie die Uniform tragen und mitmarschieren, wenn sie gut trommeln und laut. Mutter und Vater haben mich bei Lilli für die Flötenstunde angemeldet und gesagt, neben der Jugendriege und dem Ministrieren bleibe keine Zeit mehr fürs Trommeln und für die Proben. Jetzt bin ich der einzige, der in die Flötenstunde gehen wird, außer den Mädchen. Vielleicht denken die andern, ich sei ein *Wibarschmöcker* oder weich, aber ich weiß, daß ich dann bei Lilli sein darf, wenigstens eine Stunde in der Woche, auch wenn ich keinen Himmel mehr malen kann, denn auf der Flöte gibt es für jeden Finger ein Loch und für jeden Ton. Ich muß mich nicht schämen, daß ich der einzige Bub bin. Vater hat früher auch Flöte gespielt und gesagt, daß wir zusammen spielen könnten und zweistimmig, vielleicht schon zu Weihnachten und für *Tat* und *Tatta*. Während der Prozession habe ich fast daran gezweifelt. Ich habe Vater immer nur von weitem gesehen. Wenn sie nicht sangen, weil der Herr Pfarrer oder der Herr Vikar durch das Mikrophon beteten oder die Monstranz in die Luft hielten, schlossen Herr Lehrer Casura, Herr Kanzlist Casaulta, Gemeinderat Tajacac und Vater, der immer zwischen ihnen singt, und der ganze Kirchenchor die Augen. Nur dieser Dirigent, von dem ich bloß den Rücken sah, schaute mich immer noch vorwurfsvoll an.

Vater, Lilli, das Oktavheft und ich haben jetzt nur ein einziges Ziel: daß mein Betragen bis zu den Ferien besser wird. Zuerst war ich ganz aufgeregt, wenn Vater vor dem Essen und den Nachrichten das Heft studierte und las, was Lilli ihm geschrieben hat. Ich hätte nie im Leben gewagt, es vorher zu lesen. Vor dem *Deus benedeschi spis'a bubronda* habe ich still für mich gebetet und auf Vaters Stirne geschaut. Dann sagte er: *Saprend'anseman, buab,* reiss dich zusammen, Bub, oder: *Mè vinavon ascheja,* nur weiter so, oder nichts, und je nachdem habe ich zweimal Spinat geschöpft oder Polenta oder nur eine oder zwei Kartoffeln gegessen und fast keine Kutteln, so daß Mutter zu Vater sagte: *Schnädarfrässig buab.* Nach dem Essen hat Vater mit schwarzem Kugelschreiber seinen Namen ins Oktavheft geschrieben oder einen Gruß. Vater, Lilli und ich verstehen einander immer besser. Ich weiß jetzt genau, was ich machen muß, damit Vater sich freut und hohò macht und Mutter stolz ist und ich gern noch einen Löffel Spinat esse oder Kompott oder Fußball spielen darf bis sechs, außer wenn ich Migräne habe. Ich darf jetzt auch lesen, was Lilli über mich geschrieben hat, bevor Vater es gesehen hat, damit ich weiß, ob ich ihm sagen soll, ich hätte das Oktavheft in der Schule vergessen, je nach dem. Sobald es geläutet hat, renne ich schnell durch den Gang und über die Treppe und hinaus und durch das Tor. Wo es am stärksten nach Heu duftet, mache ich eine Pause und lese Lillis Bericht: Amedes hat heute nur wenig aus dem Fenster geschaut und fast nicht geschwatzt. Er ist aufmerksamer geworden und macht jetzt besser mit. Ich stecke das Heft und das Lob in den Ranzen und renne durch den zweiten Teil der Wiese. Daheim warte ich ungeduldig, bis es hupt und Vater und Filip da sind. Es gibt nichts Schöneres, als wenn Vater zwinkert oder mir mit der Hand über den Kopf streichelt und sagt, das höre er gern: *Qué aud'eu budschen.* Jetzt, wo Lilli immer schöner über mich schreibt und ich viel Appetit habe, weiß ich, daß ich nicht mehr zu Boden blicken muß. Ich darf ungeniert in den Himmel schauen und ins Zeugnis und aufs Meer. Wenn ich auf der Straße bin, grüße ich alle, die Vater kennen und mich, auch Herrn Polizist Cahenzli, Herrn Kanzlist Casaulta und Herrn Pizokel – *bindschi, Sagnur Cahenzli, bungasera, Sagnur Casaulta, tschau, Pizokel* – damit alle zufrieden sind mit mir und mit Vater.

Es ist möglich, daß Amedes ein Opfer war. Kaum hatte er einen Gipfel erklommen, kamen Winde auf und Böen. Ihm wurde schwindlig, und die Opfergaben, die man ihm mitgegeben hatte, verwandelten sich flugs in ein Bündel von Schuldgefühlen. Die Drohgebärden der Eltern und Meister wurden die seinen. Kraft des katholischen Beichtpotentials und Sündenregisters setzte er sich auf die Anklagebank. Die Anklagebank war die Eckbank in der Küche. Die Mutter war die Anklägerin. Was in späteren Zeiten zum Streitpunkt Nummer 3 heranreifen sollte, war jetzt der Anklagepunkt Nummer 1. Mutter klagte: Die Ehe ist ein Sakrament. Amedes doppelte im stillen nach: Vielleicht hast du recht, und er brach über sich den Richterstab. Alle Liebesnächte, die Amedes im Taumel genossen hatte, kehrten sich gegen ihn. Mit jedem Bissen, den er vom Hackküchlein schnitt und in den Mund schob, fraß er die Schuld in sich hinein. Hätte Amedes die Reue konsequent zu Ende geführt, er wäre vielleicht Lehrer geworden oder Tambourmajor oder Priester.

Aber Amedes war auch Täter. Die gleichen Kräfte, die ihn in den Beichtstuhl der Küche führten, halfen ihm, nachdem Reue und Depression gesättigt waren, wieder hoch. Es schien ihm gut zu gehen und, der Sünde fröhnend, nährte er die Depressionen der Mutter. Bis er wieder fiel. Amedes, der immer knapp am Tod vorbeigeht. Er überlebt und zerschellt an den Klippen des Lebens. Vielleicht konnte die Grille nur überleben, wenn sie sich rechtzeitig in eine Ameisengrille verwandelte; den, in Ameisennestern geduldeten, zirka vier Millimeter langen Einmieter.

Aber da war der Vater, welcher Amedes bewies, wie man zirpen kann, ohne deswegen zu fallen. Wie man der Todesmelodie ein besseres Lied entgegenpfeifen konnte.

192

Amedes sang meist einen Sommer lang. Im Herbst verstummte sein Lied. Mit den letzten Tönen, die ihm verblieben, rettete er sich in die Arme des Vaters. Dieser trug das Bündel in die Berge und übergab es seiner Frau. Gemeinsam versuchten sie, jeder auf seine Weise, den Bub auf die richtige Seite zu bringen. Auf eine der beiden mußte er fallen, dieser Amedes, welchem nach der amerikanischen Katastrophe noch zwei Dinge fehlten, um neben Haire Lägar, Sepple Zopp und Schorschle Dirigent als vollwertiges Mitglied in das Amedesser Bürgerheim aufgenommen zu werden: das Alter und das Bürgerrecht.

Am Grab

Ich erinnere mich: Deine Brauen waren zerzaust: Einige Härchen ragten empor. Du hättest sie glatt gestrichen. Im Normalfall. Die Augenlider geschlossen, wie es sich gehört, und schlaff. Als hättest du daran gerieben; und einige Härchen ragten aus den Nüstern – wie immer. Die Unterlippe war leicht unter die Oberlippe gerutscht. So glich dein Mund unserem. Als du noch lebtest, warst du der einzige von uns gewesen, welcher keine nach hinten geschobene Unterlippe gehabt hatte. Mutter hatte dir eine Fliege um den Hals gebunden. Du trugst dein feierlichstes Hemd. Die Hände ruhten im Schoß. Mehr konnte ich nicht sehen. Das Glas war mit Weihwasser besprenkelt. Unter den sich ansammelnden Tropfen verschwamm dein Gesicht. Die Züge verzerrten sich. Dann kam der Mesmer, stieß eine Vase um und machte den Deckel zu. Vier deiner Jahrgänger trugen den Sarg hinaus und luden ihn auf den Leichenwagen. Das Pferd wieherte. Dann zog es dich hinauf. Die Trauernden folgten. Du kennst das Ritual. Vor dem offenen Grab hieß es, es habe dem Herrgott gefallen. Aber der Pfarrer fand auch eigene Worte. Die Jahrgänger ließen den Sarg in die Grube gleiten, an zwei Stricken, langsam, sachte. Es kratzte dennoch; irgendein Stein. Ich höre, wie die Stricke auf das Holz fallen, wie die zwei, die das andere Ende noch in Händen halten, die Stricke unter dem Sarg hervorziehen. Ein Kratzen auch im Mikrophon. Und

Erde; Kränze; eine Schaufel; ein Holzkreuz. Und Wind. Die Musikgesellschaft spielte *Ich hatte einen Kameraden.* Der Kirchenchor sang ein Lied mit deinem Text. Totenmesse. Das war zu Allerseelen.

Jetzt trommeln sie. Jetzt spielen sie. Das Dorf unter mir ist fahnenbehangen. Es dämmert. Den Straßenrand säumen Schaulustige. An den Fenstern Köpfe, stelle ich mir vor. Ich kann, was ich höre, nicht sehen. Ich weiß nur, daß der Zapfenstreich gespielt wird; daß die Via Nova abgesperrt ist, der Verkehr umgeleitet wird; daß sie trommeln, daß sie blasen. Morgen ist Mariä Himmelfahrt.

Ich erinnere mich: fünf Uhr. Ein Freund ist da. Wir planen, ins Kino zu gehen. Dann läutet das Telefon. Deine Schwägerin. Ich freue mich, scherze. Aber ihre Stimme will nicht. Es ist etwas passiert, flüstert sie, mit deinem Vater. Innerhalb von Sekunden bricht in mir deine Welt zusammen. Als hätten sich alle bisherigen Ängste, dich zu verlieren, alle im Laufe der Jahre ausgestandene Furcht, du könntest plötzlich nicht mehr sein, in diesem einzigen Augenblick gesammelt. Das Geräusch der Telefonleitung, die kein Wort mehr durchläßt, der Geruch meines Hemdes, meine Hand, der Freund, der Tag, die Gegenwart tragen deinen Namen. Ich weiß, daß du tot bist. Jacqueline will, daß ich zu ihnen komme. Heute abend noch. Ich weine ins Zimmer und sehe den Freund. Ich lege den Hörer auf. Meine Mundwinkel verziehen sich zu einem Trauerlächeln. Im traurigsten Augenblick meines Lebens trage ich ein schiefes Lachen. Ich nähere mich dem Freund, suche den richtigen Satz: Vater ist... Ich komme nicht weiter. Gehe zurück zum Telefon. Onkel Lukas. Er teilt die Wahrheit traurig und nüchtern mit. Du stirbst offiziell. Die Gedanken jagen sich wie Geschosse in meinem Kopf. Du erscheinst mir tausendfach, ich höre alle Scherze, sehe jedes Zwinkern, das deine Worte begleitete: Wenn ich dann... *jo khaschtenka*... SUB SPECIE AETERNITATIS. Ich zittere, friere und falle in die Arme des Freundes.

In den folgenden Tagen bestimmte ein neues Gefühl meine Schritte. Wir begruben dich mehrmals. Genau wie du damals deine Eltern nach außen hin sterben lassen mußtest, geschah es jetzt mit dir und uns: Todesanzeige, Festsetzung der Beerdigung, Rednerliste, Nachlaß, Grabstein. Plötzlich mußte ich dem Mesmer sagen, er könne die Blumen ohne weiteres zwei Tage länger stehen lassen. Plötzlich wurden wir in deinem Namen angesprochen. Oder in unserem. Ich spürte Verantwortung. Und Stolz. Ich spürte, was ich seit langem zu spüren wünschte. Seit du gestorben bist, Vater, wurden meine Tode überflüssig.

Mein letzter Purzelbaum ist jetzt drei Jahre her. Du erinnerst dich: das bekannte Ritual: Amedes meldet mit arger Verspätung seinen bevorstehenden Untergang an, nachdem alle Versuche, seine und die anderer, gescheitert sind; man trifft sich im Bahnhofbuffet, wechselt ein paar Worte, deren Sinn darin liegt, dir die Verantwortung für den Sohn zu übertragen; du begleitest den Sohn in sein Zimmer, das Nötigste wird in Plastiktaschen gepackt, Zahnbürste, dann Zug und heim. Mit sichtbarem Unwillen erledigst du die Dringlichkeiten auf der Checkliste des Sohnes, meldest ihn ab, an der Uni, bei Freunden, überall dort, wo man Amedes erwartet hätte. Es folgen Wiederbelebungsversuche im engsten Kreise der Familie – Amedes macht mir Sorgen, wenn ich nur wüßte, wie ihm helfen, klagt Mutter, wir müssen etwas unternehmen. Das fleißige Volk der Verwandten aller drei Generationen wendet sich mit Tat und Rat an die Mutter, man betet (und Amedes hört, wie der *Tat* hinter vorgehaltener Hand fragt: Geht's ihm nicht gut, leise, aber nicht leise genug, solange Amedes noch bei Sinnen ist und es merkt, und *Tatta* auch, selbst wenn die Sinne sie langsam verlassen im Alter, das Gefühl hält länger, *ojessas)* und das Dorf hat in der Kirche und bei den Prozessionen ein Thema, und am Abend, ich will mich zwar nicht einmischen, liebe Amedesmutter, aber ich sehe, Sie haben Sorgen, wir kennen das, mein Onkel hat auch wochenlang nichts geredet, und dem Werkmeister geht's miserabel, die Nerven, aber ich habe gehört, daß es in Bonaduz einen Magnetopathen gibt, und vielleicht könnte eine aufgelegte Hand oder Kneipp oder der Pfarrer hat mir auch schon ein Ohr und wieder Mut, was meint denn der Arzt, wenn es gar nicht mehr geht, wissen Sie, mein Mann hat neulich auch etwas schlucken müssen, wären diese Gelben rezeptfrei zu haben... Auf! sagt Mutter, jetzt machen wir ein paar Schritte, Amedes, und sie nötigt ihn außer Haus und rheinaufwärts, wo sie tief einatmet: Du brauchst viel Sauerstoff; bis zum Kraftwerk und zu den Schrebergärten und weiter, dem Kanal entlang und die N 13 im Ohr bis zum Stauwehr und zum Wasserwirbel, wo angeschwemmtes Holz und riesige, vom Wasser geschundene Stämme vom Sog in die Tiefe gelockt werden; siehst du, dort hinten hat der *Tat* einen Acker besessen, Kartoffeln, erzählt sie und von früher, bis sie die Staumauer überquert haben, wo sie ihm leise, aber deutlich nahelegt: *Tschontscha mincaton cuj Nossegnar,* bete zu Gott, – und es folgt die nächste Folge aus der postamerikanischen Ära im Dorf. Musik: Trommeln und Blech.

Ich sehe es vor mir: die Hügel, aufzählbar, mit Ausnahme der kleinen im Hintergrund, die von den großen im Vordergrund verdeckt werden, der gelbe Stern vom *Sternen,* der Zwiebelturm der Pfarrkirche Mariä Himmelfahrt, die geweißelte Sankt Peterskirche am Fuße des Schloßhügels, auf welchem sich die Antoniuskapelle duckt, dazwischen gedrängte Dächer, Rufe, Bäume, rechts außen die Autobahn, das Dröhnen, der Kanal, das Kraftwerk, die Schrebergärten, im Hintergrund die Kirche von Tamins, weiter hinten die in der Abenddämmerung sich auflösenden und ineinanderschiebenden Bergketten der Surselva, die Talsenke, wieder Hügel, die Umrisse der Amedesserwerke davor, Rauch und Dampf, und ein Zug, im oberen Blickfeld erneut Sankt Antonius, im unteren Sankt Peter, im Schwenk Mariä Himmelfahrt, der Zwiebelturm, und Dächer, Hochhäuser, Schulhausdächer, der *Sternen.*

Das Dorf trommelt.

Ich will nicht sagen, daß seit deinem Tod die Depression wie eine Warze verschwunden ist. Aber sie drängt sich anders auf. Es gelingt mir, ihre Vorzeichen zu deuten und rechtzeitig in andere Energien umzuwandeln. Es kommt vor, daß ich sie beim Namen nenne. Das ist früher undenkbar gewesen. Sie heißt heute zum Beispiel Dienstag oder Mittwoch. Aber die Angst, wieder hineinzuschlittern, ist geblieben. Manchmal habe ich den hundertprozentigen amerikanischen Geschmack auf der Zunge. Ich beeile mich, schnell einen Sonntag herzustellen, mitten in der Woche, ziehe ein frisches Hemd an, schweige meinen Tag.

Solange du lebtest, Vater, wollte ich du sein. Ich war nicht der einzige. Vielleicht wünschte ich mir deine Haut so sehr, daß es ihrer Fäulnis bedurfte, damit ich mir meiner eigenen bewußt wurde. Wir Söhne trugen einen ständigen Konkurrenzkampf aus. Jeder wollte dein Abbild sein. Du warst unser Gott. Ich kann nur für mich sprechen, aber ich erinnere mich gut an die Gesichtsstudien, Stirnvergleiche, Augentests, Haarprobleme. Je älter wir wurden, desto schöner wurdest du.

Wenn ich eine Zigarette rauche, erkenne ich an der Gestik, am Handgelenk deine Züge. Ich erschrecke. Ich sehe, daß ich ganze Bewegungsabläufe übernommen habe. Ich trinke deine Weine. Man hört meine Stimme und sagt: Wie er. Man sieht meine Schrift und sagt: Wie er. Man sieht meinen Gang: Wie du. Ich schäme mich. Und bin stolz. Aber vielleicht werde ich das Rauchen aufgeben müssen. Andere Weine entdecken. Nach meiner Fassung hinken. Amedesgeprüft.

Es geschieht, daß ich mit Mutter in ein Festzelt gehe, zufällig, weil grad eine Einweihung ist oder ein Gesangsfest, und es sich trifft, daß ich da bin. Ich habe Hunger und Durst, hole eine Wurst und einen Zweier Roten. Ich trinke und esse. Mutter beobachtet mich und sagt: Ich sehe ihn vor mir. Es gibt Momente, in denen sie deine Laster beschönigt. Dann dürfen wir. Die Idylle bricht bald zusammen. Beim zweiten Zweierli hebt sie Stimme und Braue: Alkohol! Öffne ich ein neues Päckchen, heißt es: Nikotin! Darüber schwebst du als mahnendes Beispiel. Manchmal bin ich gut genug, um mit dir verglichen zu werden. Manchmal bist du schlecht genug, um mit mir verglichen zu werden. Trotzdem: Die Chöre singen, die Uniformen sind neu, wenn es sich trifft, daß ich da bin.

Ich erinnere mich: wie du mich dahin schleppst und dorthin. Wie ich dir nachrennen muß. Wie du mich, als Häufchen Elend deklariert, vor die jeweiligen Instanzen führst. Wie ich dich machen lasse. Ich litt

Qualen. Du warst der Vater, ich der Sohn. Ich kenne keine anderen Motive, die uns, so entfernt, so nahe geführt hätten. Ich stelle mir vor, daß du mich als Toten bevorzugt hättest. Vorübergehend. Aber wie immer nach meinen Purzelbäumen folgte dein Sommer. Du nanntest ihn den Sommer der Gelassenheit. Deine Propaganda. Sie wirkte. Auch vor drei Jahren noch. Im Herbst deines Todes hätten wir Brüder werden können. Als ich mir im Innersten vorgenommen hatte, dir deinen Teil zurückzugeben, als ich sah, wie du hinktest und immer wieder stehen bliebst, um dein borniertes Bein zu strecken und das Blut zu zwingen, als du mir deine letzten Gedichte zeigtest und mich batest, sie abzutippen, als ich, wie nie zuvor, das Glücksgefühl einer neuen Beziehung spürte und bereit zu sein glaubte, mit dir im Bahnhofbuffet wie mit einem Reisenden, der den gleichen Zug nimmt, anstoßen zu können... Ich ahnte nicht, daß du auf den letzten Metern warst. Ich wußte nicht, daß du längst in einem anderen Zug saßest. Der *Bienenzüchter* war gestorben.

Manchmal fahre ich hinaus, lasse mir vom Pförtner eine Tageskarte aushändigen und setze mich in einen stillen Raum. Die Künstlerportraits, die Portraits im allgemeinen, Holzschnitzer, Hausfrauen, Psychiater. Die Cutterin ist mir behilflich, sortiert die Kassetten, bedient das Videogerät, spult, rückwärts, vorwärts. Du tauchst auf, moderierst, kommentierst, zwinkerst – SIS APIS.

Die Trommeln sind verstummt. Es geht in den Kneipen weiter. Morgen ist Mariä Himmelfahrt. Du wärst früh auf den Beinen und hättest einen Wunsch vor allen anderen: Wenn nur das Gloriosa klappt. Ich weiß nicht, ob dein Nachfolger die gleichen Sorgen hat. Aber der Chor wird singen.

Ich denke an das Wort Nachkommenschaft. Die Fuß-stapfentheorie schwebt im Raum. Meine sichtbaren Schritte wollen zeigen, wie ich mir alle Mühe gebe, den Eindruck zu erwecken, dein Erbe nicht antreten zu wollen. Ich bin kein fanatischer Verfechter der romanischen Sache. Ich halte Abstand. Ich werde deine Fackeln nicht weitertragen. Ich erinnere mich und sehe dich: Als Lehrer im Dorf, als Dirigent in der Kirche, als Mahner oder Unterhalter in der Dorfbeiz, als Abgeordneter im Großen Rat, als Romane in der Deutschschweiz, im Oberland, als Kantonsführer der Jungwacht, Redaktor von Studentenzeitschriften, Prä-sident des Fußballklubs Anno 1964. Vielleicht ist er damals deinetwegen abgestiegen. Ich sehe dich als Mitglied von x Vereinen. Du warst ein Zugezogener, ein sogenannter Beisäß, ein Accola. Du hast dir alle Mühe gegeben, ein Einheimischer zu werden. Ein Incola der Tat. Man hat dir deine kritischen Sätze nicht übelgenommen. Du hast sie mit Einsätzen als Statist im Theaterverein, als Baß im Männerchor wettgemacht. Du wurdest geachtet.
Es mag reizvoll sein, in einem Dorf zu leben und zu wirken, wo die Rufe in die Wüste eine tägliche Heraus-

forderung sind. Wo die Gegner angesprochen und gegrüßt werden können. Wo der Blick in die Augen mehr zählt, als das Wort hinter dem Rücken. Magari. Unter Umständen kann man leben. Unter Bedingungen: Man muß die Spielregeln akzeptieren. Fehlpässe sind erlaubt. Solange das Spiel läuft. Aber Weltverbesserer, Heilsvermittler, Revoluzzer, Apostel und dergleichen haben in Amedes nichts zu suchen, schreibt ein Dorfhistoriker. Wer ausspricht, was auszusprechen nicht erwünscht ist, hat ausgespielt.

Vielleicht habe ich, seit ich dich verloren habe, in Amedes nichts mehr zu suchen. Vielleicht auch nicht, weil ich dich immer wieder gefunden habe. Dortoben. Und Mutter. Daoben. Ich erinnere mich, wie du einmal gesagt hast: Komm doch in den Chor. Wie ich einen Augenblick lang gedacht habe: Warum nicht? Aber spätestens seit Amerika war mir klar, daß ich nie mehr einem Verein beitreten werde, der singt. Ich mußte einen Ort finden, der außerhalb jener Welt liegt, wo Elternbonus und Majoritätsprinzipien gelten. Es mag sein, daß sich der romanische Dativ in Zürich besser behauptet und im Deutschen den Akkusativ ersetzt. Rettet dem Dativ, ist meine Devise. Die Unterländer korrigieren ohnehin rechtzeitig.

Das Einzige, was vor mir auftaucht und lebt, wenn ich durch das Dorf gehe, ist meine Primarschulzeit. Seither habe ich versucht, davonzukommen. Ich bin davongekommen. Ich wünsche mir kein anderes Woher.

Aber wo ich bin, ist anderswo. Ich habe beschlossen, verdächtig zu bleiben.

Ich gehe jetzt. Ich verlasse das Tal zwischen der, wie die Dorfhistoriker sagen, penninischen Bündnerschiefermasse im Süden und der Wurzelzone der helvetischen Decken im Norden. Ich werde hinuntersteigen und durch die engen Häuserzeilen zum Haus spazieren. Ich werde am *Central* vorbeikommen, wo Großvater am liebsten jaßt, den gefegten Paradeplatz überqueren und nach dem *Hirschen* zur *Heimat* gelangen. Dann *Calanda, Steinbock, Sternen.* Ich werde dich vor mir sehen, im Verein trügerischer Gemeinschaften, im Sonntagsanzug, ein Kirchgänger, der heimkehrt, ein Sänger inmitten von Trommlern. Ich werde das Gefühl nicht los, daß dein Zwinkern dem Gelächter oft zum Opfer gefallen ist. Ich höre, wie es heißt: Der hat Humor. Ich befürchte, daß deine Gedichte die Tränen danach gewesen sind. Als hättest du noch ein zusätzliches Glas gebraucht, nachdem du mit dem Gelächter angestoßen hattest. Auch du warst eine Grille. Auf deine Art. Ich werde beim Polizeiposten in unser Sträßchen einbiegen. Nirgends einkehren.
Jetzt fällt violettes Licht auf die Hügel. Die Grenze zwischen ihnen und den dahinterliegenden Bergen hat sich aufgelöst. Der Himmel hebt sich nur schwach von der dunklen Erde ab. Zwischen dem Spalt deines Grabsteins erkenne ich die Umrisse des Pfarrkirchturms. Wenn ich ein Auge schließe, sehe ich eine

einzige Tanne auf dem einen Teil des Steins. Das Alyssumweiß ist blasser geworden. Die Begonien schaukeln im Wind. Dein Grab ist vor allem grün. Jetzt gehe ich. Ich werde eine Weile mit Mutter in der Küche sitzen. Wir werden reden. Oder schweigen. Sie wird nicht sagen: Morgen ist Mariä Himmelfahrt. Sie wird nicht fragen. Ich werde ihr sagen: Bis bald. Und ich werde sagen: Ich habe viel zu tun. Sie wird auf dem Vorplatz der Küche stehen und winken, wenn ich gehe. Ich werde an der Birke vorbeikommen und durch die Abkürzung zum Tor gelangen.